相信樹的人

鄒欣寧　著

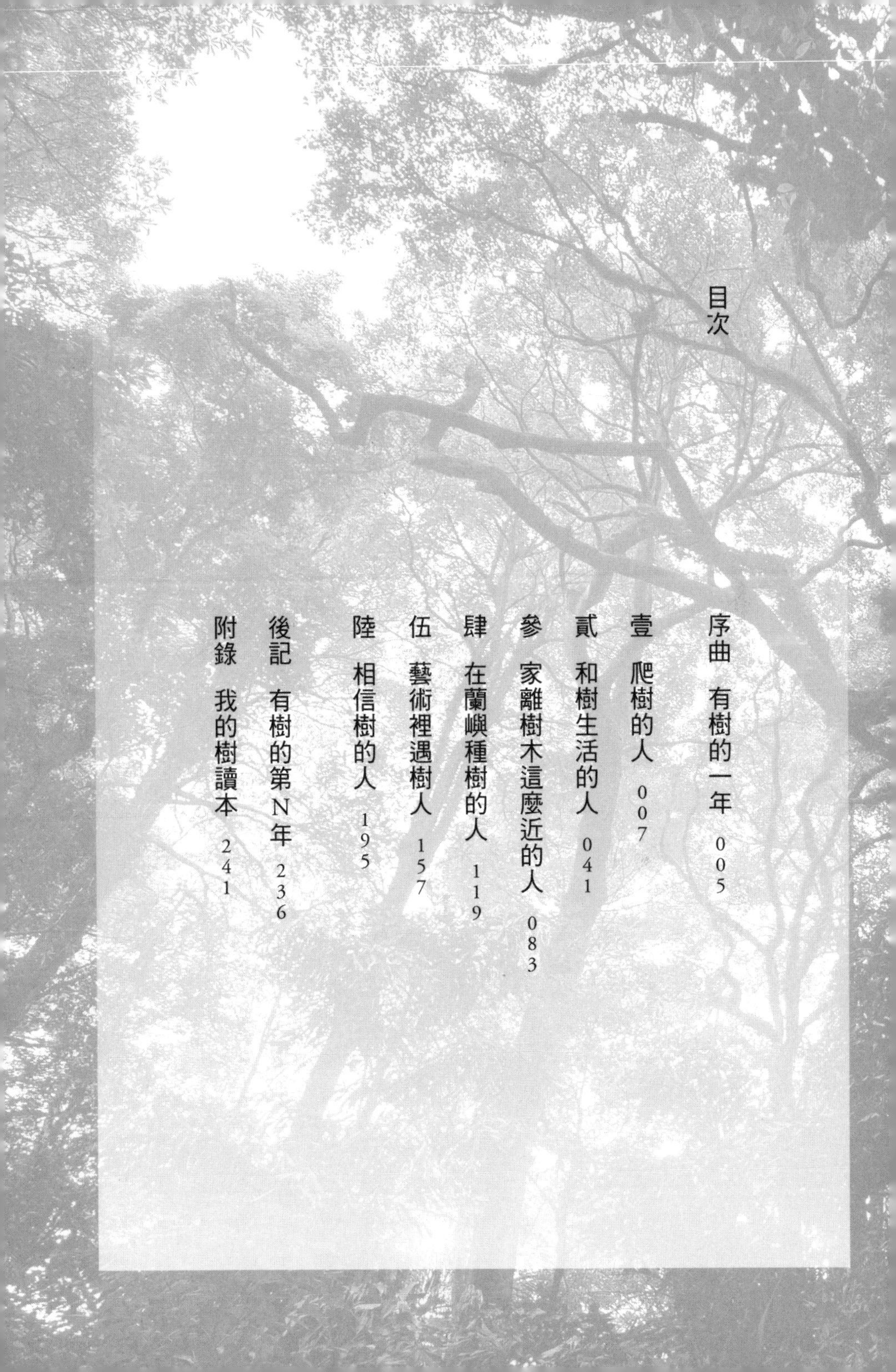

目次

序曲
有樹的一年

那年，我名之為「有樹的一年」。

我試著從一個單純喜歡看樹、接近樹卻對樹一無所知的人，透過訪問、行動和書寫，建立自己和樹的新關係。

我的採訪對象是一群「樹人」，他們之中有些以和樹的關係、對樹的理解為專業，有些出於對樹的熱愛而把樹納入生活裡，有人恆常將樹化為藝術創作題材或作品裡的關鍵存在。

透過與他們訪談、實際參與樹行動，我似乎也明白了自己能扮演怎樣的樹人。有樹的一年，來到第二年、第三年，一年又一年……

壹

爬樹的人

一位鐵了心添購裝備的攀樹同學曾跟我說，他如何滿心歡喜帶著裝備去公園攀樹，結果一上樹就被路人斥責他傷害樹木，後來連警察也來了……

我就讀的小學歷史悠久，大樹很多，但不記得有哪位老師曾鼓勵我們爬樹。校園裡的樹不能爬，外頭的樹就沒這顧忌。特別是外婆家的果樹，除了那棵太高的蓮霧樹，以及過矮的棗子跟楊桃樹爬不了，龍眼樹和芒果樹都有附近孩童撒野上樹的痕跡。小學升三年級暑假，我甚至曾締造個人紀錄，同時帶著一隻博美狗和一本書爬上龍眼樹。

無人知曉的夏日午後

那個暑假，外婆將三合院右廂的三房租給養狗的人家，我很快摸透那隻小博美近人就狂吠的習性是出於虛張聲勢。在那個決定爬樹又不甘寂寞的下午，我盤算著如果把狗和書一起帶到樹上，就能一邊跟狗玩，一邊讀故事書，一邊享用龍眼大餐！

到現在我仍想不起當時究竟怎麼把狗弄上樹的，但我相信，牠的虛張聲勢，或說堅忍不拔，是我成功的重要條件。要多大的堅毅才能讓一隻狗在人類小孩做出可能傷害牠的舉動時，不張開口狠咬那小孩？

涼風徐徐的下午，一個成年人高的龍眼樹側枝上，小女孩兩腿夾緊樹身，一手抱書，一手緊抓牽繩，繩子另一端是爪子牢牢摳住樹幹、全身抖顫尖聲狂吠的博美狗。幸而這個無人知曉的夏日午後沒發生任何災禍。大人們不知道，為什麼此後博美狗一看到小女孩，總是嗷嗷低嗚，拱著身子拚命後退，只想把自己藏起來。

儘管如此，「爬樹」銘刻在我身體裡的痕跡想必不夠深入，否則，怎麼會數十年來經過那麼多樹木，我卻從未有過一絲攀爬的念頭？

或許有人會說，樹本來就不是讓人爬的，特別城市裡的樹，攀爬有危害樹木之虞，人也可能受傷。

我更願意相信，不是因為城市裡的樹不能爬，而是城市的樹被設計成不要人類親近的模樣。他們要不枝條脆弱、瘦小可憐，要不被隔絕在安全島或水泥圍欄，別說攀爬，觸碰、環抱、或僅只是觀察，我們連這些和樹的簡單互動都吝於做到。聲稱不要危害彼此，所以保持距離，所以冷漠相對，我們對待大部分人類的方式，和對待樹木不約而同地一致。

正當我苦惱於如何重拾童年爬樹的經驗時，我斷斷續續查到一些關於「攀樹」的訊息。攀樹跟爬樹是同一回事嗎？如果是，為什麼這個單純的行為要被賦予一個新名字？是出於廣告手法，或它的確是另一種不同的活動？

在我還來不及搞懂這些問題時，一個攀樹體驗的廣告滑進我的臉書頁面。體驗地點在臺北芝山，只需一個下午，六百多塊錢，你就能享受攀樹的樂趣。答答答答，我按了幾個按鍵，再到ATM轉帳，就完成了這個不需體能要求跟條件限制就能參加的活動報名。

誤闖小孩叢林的大白兔

網頁上說：這是個可以親子共同參與的活動，但沒告訴我，除了我之外，所有參與者都是有父母隨行的小朋友。置身在毫不被秋老虎影響的吵鬧兒童堆裡，我一面擦汗一面忍住到馬路上隨便抓一個小孩的衝動，彷彿有個小孩在身邊，我作為成年人的爬樹欲望才能被認同。

事後我才知道，固定在芝山駐點教攀樹的蘇俊郎父子，是戶外活動領域著名的引導兒童攀樹者，是我沒做足功課才成了誤闖小孩叢林的大白兔。但是，跟一群未成年的同伴學攀樹，也不見得是壞事。

一行人浩浩蕩蕩來到一棵高達二十公尺的大葉楠面前，只見十幾二十條顏色斑斕的繩索從高處枝條垂掛而下、直達地面，一旁的地上擺滿吊帶與頭盔。看著離大樹主幹顯然有一段距離的繩索，我開始察覺「攀樹」和「爬樹」真的不一樣——滿心以為即將重溫童年徒手爬樹的回憶，攀樹卻似乎是沿著繩子往上爬，並沒有和樹木的再次親密接觸？

蘇俊郎的兒子蘇育民，也是這次活動的主要教練，一開始就肯定了我的困惑：在攀樹的過程中，大部分時間是不會碰到樹的。我登時大感失落，再次抬頭望向即將攀爬的繩索，看來，想碰到樹身非得攻頂不可。

跟小孩一起學新技術的好處，在於教練會用非常簡單的方式教，對久坐電腦前、長於用腦、短於勞動的我來說，這種簡單非常必要。然而，一面聽，我一面產生新的惶恐：萬一身為大人的我比小孩笨拙，豈不是丟臉到家？

尾隨孩子排成縱隊，依序戴好安全頭盔，穿上攀樹吊帶，站到自己想攀爬的繩索前面，我和一個體重超過同齡者的男孩眼神相對。在他眼裡，我看見相仿的憂心：我真的能攀上去嗎？

依著教練的指示，我把繩索向上推，使勁一蹬，讓雙腳微微離地。旋即失去重力與平衡的我在空中轉來轉去，轉出另一個新的不安，不，是恐懼。

天吶，萬一我的懼高症發作怎麼辦？

五十三歲去美國學攀樹

「當然會害怕啊，第一次要爬這麼高的樹。」蘇俊郎說。但他指的不是我在芝山攀爬的二十公尺大葉楠，而是十三年前，他在美國亞特蘭大初學攀樹的第一天面對的兩棵大橡樹。蘇俊郎的老師，彼得·簡金斯（Peter "Treeman" Jenkins）將四十八公尺高的那棵取名為寧錄（Nimrod），另一棵四十二公尺高，名喚黛安娜（Diana）。

四十公尺有多高？大約是十三層樓高。那年，站在寧錄和黛安娜底下的蘇俊郎五十三歲，為了學習這項臺灣還沒有的特殊技能，再怎麼害怕猶豫，最後仍選擇硬著頭皮上去。

在此之前，蘇俊郎的爬樹經驗和我相似，充其量是小時候爬爬住家附近的樹，當然，在他那個年代，住家附近的樹木絕對多得多。

「我爸爸在臺灣銀行工作，當時員工不多，就住在像是臺北青田街那樣的日式宿舍，旁邊都是大樹，我們就是住在一個充滿樹的環境。」不過，所謂大樹，是從孩子的視角來看，「其實就跟現在的路樹差不多。那時候沒有小孩不爬樹的，男女都一樣。」他說。

爬過樹的孩子，血液裡終究會拓下樹的印記。成年後，蘇俊郎進報社成為攝影記者。「入了這一行，跑的又是政治線，每天工作家庭兩頭跑，又住在城市裡，當然對大自然不會有什麼涉獵，也不會把樹放在心裡，頂多是假日帶孩子去大自然裡走走。」但是，蘇俊郎一直知道，人生中有兩樣東西，他只要摸到就會生出愉快的感覺，「一個是麵粉，另一個是樹。」

這兩項嗜好，從蘇俊郎久未更新的部落格可略知一二。在「好吃的你要知道」、「爬樹的故事」兩個欄目底下的文章數是最多的，蘇俊郎用記者簡練的文筆記錄他曾親炙的各國料理，以及攀樹活動的理念與經驗。

對美食烹飪的喜好，在忙碌的記者生涯中偶能實踐，但重拾爬樹的記憶就得等到退休以後。旅行中無意讀到的一則攀樹報導，勾起了蘇俊郎對樹的情感，不過，務實的他，當時思考更多的，是如何開展職業的第二跑道。

「報社記者是一個會讓人不正常的工作。每天在外面看不好的事情，回來還要寫成文章，那對身心是多大的傷害？何況我跑的又是政治，是最討厭最麻煩的。後來我幹到攝影主任，報業已開始不景氣，公司就提出優退方案，讓我們這些領高薪的人提前離開，我早想離開報社，就趁這機會離開，至於離開後要做什麼，完全不知道，總之先離開再說。」

蘇俊郎很有耐心。退休後，他用兩年時間休養生息，希望把記者職涯對身心的戕害（「像是優越感，」他補充說：「我是個市井小民，不再是記者。」）慢慢洗掉；同時，他持續多年來的運動習慣，每天慢跑五公里，再游泳一千公尺。「我早就知道報社不會是我最後一份工作，既然要轉跑道，就要跑，不是讓人扛，所以體力必須維持在很好的狀態。也因為這樣，我才能在五十三歲時去美國學攀樹。」

科學的上樹方法

就算不是最老的學生，蘇俊郎也絕對是彼得・簡金斯創立「國際攀樹人協會」（Tree Climbers International，簡稱ＴＣＩ）以來第一個外國學生。

簡金斯是一位資深樹藝師（arborist），他在一九八三年成立的TCI，目前是美國兩大攀樹組織之一。與進行樹藝師專業認證、推廣「工作攀樹」的「國際樹藝協會」（International Society of Arboriculture，簡稱ISA）不同，TCI著重「休閒攀樹」，只要對攀樹有興趣的男女老少，都可以透過TCI的體驗或教學，親自嘗試這門運用繩索爬樹的特殊技巧。

在英國小鎮書店讀到攀樹報導的蘇俊郎，很快嗅出這門技術可能是自己事業第二春的起點。在確認臺灣尚未有人從事攀樹活動後，他立刻查詢該去哪學。「美國的簡金斯是公認最好、技術最老到的老師，所以我馬上寫信給他，告訴他我想和他學攀樹。等我去亞特蘭大後，才知道我是他第一個外國學生。他甚至不曉得臺灣在哪裡。」

初級攀樹課程只花兩天就能學會，但蘇俊郎打定主意，一定要把最完整的攀樹技術拿到手才回臺灣，於是，兩天結束後，他繼續留在亞特蘭大，跟著老師和同學到處爬樹，學習更進階的攀樹技巧。

「在美國，我很不舒服，我是個外國人，語言有隔閡，食物也不習慣，而且我在那邊的交通工具只有單車，每天載二十公斤重的裝備，騎一個半小時到學校，下課再背著裝備騎回家，我那時候五十三歲……」

我問他有沒有過低潮？後不後悔？「沒有。我已經決定要學了，既然要學，就沒有只學一半的道理。」

我又好奇，除了自身的意志力外，攀樹到底有什麼吸引力，讓他一路學習不放棄？

「像美國、英國這些先進國家，有很多先進技術是我們沒有的。以攀樹來說，最早是從美國伐木業發展出來，他們不像臺灣的伐木工人徒手爬樹、土法煉鋼，而是透過科學、實證找到安全的上樹方法。這來自獨立思考的能力，也是臺灣人缺乏的能力。」蘇俊郎說，兩年當中，他不只取得攀樹教練資格，也學會樹木修剪等技巧，更見識到攀樹不只在美國林業扮演重要角色，也在森林、生態等學術研究領域佔有一席之地。

「不過，臺灣林業和美國是截然不同的，因此攀樹在公部門比較派不上用場，我想的還是創業，在民間開發一條休閒攀樹的路。」十三年過去，攀樹作為一門休閒活動，在臺灣已蔚然成風，蘇俊郎正是最關鍵的推手。

呼吸不用錢，是因為樹

為了達到教育作用，蘇俊郎直接鎖定兒童為主要對象。「臺灣是一個森林島國，有超過二分之一的面積是森林，但是，我們的教育從不告訴孩子：什麼是樹？為什麼我們需要樹？」

「樹很神奇。一片樹葉可以行光合作用，把陽光轉換成養分，儲存在維管束形成的木材中。木材可以拿來燒火，產生熱能，但我們在燒木材時，很少想到它來自葉子、來自陽光。我也會問小朋友，你喝礦泉水要不要買？要。你呼吸空氣要不要買？不用。呼吸不用錢，也是因為樹葉把陽光轉換成氧氣。是不是要等到有一天，連呼吸都要收錢，人們才會覺察樹木的重要？」

建立孩子對樹的基本了解，再將他們野放到樹上的世界。在短短的兩小時裡，孩子會自己摸索、認識、創造他們和樹的關聯。他們或許還叫不出每一棵樹的名字，卻能分辨樟樹和楓香的不同氣味。他們會看見松鼠在另一棵等高的枝上，一雙黑溜溜的眼珠對他們投以好奇的目光。他們也會發現，原來樹上不只有樹葉，還會有苔蘚、毛蟲，各種各樣依附樹木生長的生物，「這樣的小孩長大後，對自然和樹會有自己的概念。」

人在地球上生存，並不是只能活成一座孤島。自然中的生物不會讓你孤單。蘇俊郎說，他終生難忘的爬樹經驗，發生在亞馬遜雨林。為了協助雨林研究，他曾和美國熱帶生態保育協會（Institute for Tropical Ecology and Conservation，簡稱ＩＴＥＣ）在雨林待三個月，每天協助研究人員攀爬到高達七十公尺的樹冠層進行各種生態調查。

「那真是我最快樂的爬樹時光。雨林天天下暴雨，但雨水淋在身上就像好幾支蓮蓬頭打在身上，非常舒服。早上五點不到，我們就摸黑上樹，天亮時，附近的五十幾隻吼猴會叫彼此起床，很吵，但那種聲音的美和震撼，任何錄音設備和音響效果都做不出來。

雨林的生物好多。我們會看到顏色很漂亮的毒蛙、毒蠍、毒蛇。兩公尺長的鬣蜥在我下方的側枝休息，爬過去拍照要小心不讓樹枝震動、嚇到牠們；金剛鸚鵡和其他鳥類就在我們腳下飛行。和野生動物在一起的感覺是非常神奇的。」

臺灣雖然沒有雨林，樹上的珍奇生物也不那麼多，但是，爬樹的樂趣、發現樹上生命的驚奇，是誰都無法從孩子身上掠奪的本能。這幾年蘇俊郎固定帶一群自閉症兒童爬樹，他坦承自己並不確定這群孩子從樹木得到什麼，但從他們經常來爬樹，「我想他們應該是得到很大的快樂。」

朝空中跳的小步舞曲

在芝山舉行的親子攀樹活動，蘇俊郎通常都在，不過，今年六十六歲的他，已過了當初轉換跑道設下的退休年限，他逐漸把工作交給兒子蘇育民主持。當我和其他小朋友糾纏於手上的繩結與腳下的輔助繩索時，蘇育民穿梭在繩與繩之間，照看大家的攀爬狀況，蘇俊郎則站在一旁，默默地抬頭關注。

或許是身高佔了點便宜，我很快超越了其他手腳明明比我俐落的兒童。比起體力，攀樹似乎更講究身體的協調性。當我不一心求快，而是讓身體在重複的雙腳套繩、抽高繩索、上身前屈、推動繩結、引體直立中找到節奏，攀樹彷彿成了一支朝空中跳上去的小步舞曲。不知不覺間，我已來到繩索終點，離地十公尺的楠木側枝。

我向下看了看，再攤開手掌，除了推繩出力流的汗，我的手沒有站在高處時出現的冒冷汗、發抖等症狀，雙腳和底下人腦勺的距離竟然不再困擾我。明明，平常站在三樓陽臺向下望都會讓我緊張到一直深呼吸……

小朋友們陸續抵達了我的高度，吱吱喳喳興奮吼叫，像小獸一樣。但，仍然很安靜。秋天微帶濕氣的風經過大葉楠的枝條向我拂來，瑣瑣細細的葉響輕易蓋過了孩童的聲浪。真奇怪，為什麼在你懷裡，我感覺這麼平靜？

我揉一揉近旁的楠葉，它當然不回答我。

如果你有過上樹的經驗，那雙腳虛懸卻又扎實的世界很容易讓你想念。

我開始尋找更進階的攀樹體驗。蘇俊郎著重於親子攀樹，因此較少開設成人攀樹課程。很快地，我在臉書頁面發現一個名為「攀樹趣 Climbing Tree」的機構，地點在桃園，距離我家不遠，近期正好就有一門基礎班，由獲得ＩＳＡ認證的攀樹師翁恒斌教導獨立攀樹技術。

ＩＳＡ攀樹技術

三月初的一個週末，我來到桃園龜山兔子坑，經過臺灣郊山常見的土雞城和宮廟，步行一段很具暖身意味的陡坡後，抵達了將進行兩天攀樹訓練的五犬山莊。

眼前的熱鬧景象頗讓我吃驚。除了顧名思義的五隻大黑狗在人群中竄來竄去，我默數了一下，來學攀樹的人有十五個之多，男女各半。我們領取各自的攀樹器材，大大小小的扣環、繩索、手套、頭盔、吊帶……我頓時有頭昏眼花之感。

有什麼好擔心的？妳連狗都能帶上樹了。我抱起這堆器材，隨其他學員聆聽教練介紹這套ＩＳＡ系統的攀樹用具，以及獨立攀樹需要了解的基本知識。這些知識的基本在於：它們可以保住攀到樹木高處者的性命。

和講求休閒娛樂的ＴＣＩ不同，ＩＳＡ的設備與技能，最早是為了讓樹木從業者安全執行工作任務。樹木從業者，早期主要是伐木工人，往往面對各種各樣的危險。在地面時，可能遭到砍伐傾倒的樹木壓傷；為了修剪枯枝或採種，在沒有安全確保的情況下徒手爬樹，則可能發生摔落、電鋸割傷等意外。一九八九年禁伐全臺天然檜木林後，臺灣的伐木意外少了，但原住民仍以危險的徒手爬樹法摘取野生愛玉，這種穿戴釘鞋、用爬樹釘固定的方式，也容易傷害樹木。

（想一睹傳統爬樹的驚險畫面，可以觀賞由日本導演矢口史靖改編三浦紫苑小說的電影《哪啊哪啊神去村》。裡頭呈現了伐木工人的工作與生活細節，也將賴樹維生的人們對樹的崇敬乃至信仰表露無遺。）

後出的ＩＳＡ攀樹技術，以降低人和樹的風險為基礎，運用耐重力強的繩索支撐人體重量，與繩索接觸的樹身，也有樹木保護器減少繩與樹之間的摩擦力。但在使用安全的設備之前，最根本的安全之道，是人對樹有所了解。「架設攀樹系統之前，一定要先進行環境和樹木的風險評估。」翁恒斌強調。換言之，樹能不能爬，取決於它是否健康。至於一棵健康的樹木能接納多少攀樹者？我們來到即將攀爬的香楠樹下，翁恒斌說這棵樹的最高紀錄，是二十一個人同時攀爬。

我抬頭望向樹的頂端，艱難吞下一口口水。不只高度，樹的力量也教我難以想像。身為人類，我對樹的了解實在太過狹小，但到底是誰賦予我們權力，在面對這存在地球超過一億年的物種時，既漠不關心，又可以輕易砍伐與殺戮？

沒想過樹可以這麼強壯

對樹，人類的理解真的太少。「我常去戶外活動，但以前我是不會注意樹的。會觀察植物，但不會想到觀察樹。」翁恒斌這麼說。

「我講一個經驗給妳聽。有次我去大溪的白石山爬一棵十五公尺高的樟樹，樹下有一條環狀步道。我上樹之後把繩子收起來，如果有人走過，抬頭就能看到我，萬一看不到，等他們繞了一圈，從另一頭的斜坡走過來，也會跟樹上的我平視。結果我在樹上待了一、兩個小時，其間一支登山隊從樹下走過去，再從斜坡走回來，都沒人發現我。」

我問翁恒斌，開始攀樹後，他對樹的體會或情感和過去有什麼不同？「我沒想過樹可以這麼強壯，」他以 YouTube 上看過的影片為例：「直徑十公分的樹，耐重力可以到一噸重。」當然，這個數值會依據樹種和樹的生長情況有所不同，但「爬的樹越多，我越發現樹沒有我想像的脆弱。」

對翁恒斌來說，樹的強大不只存在於耐重力。他認為樹有某種能量，會在攀爬過程中帶給攀樹者不同的感受。

「《追蹤師》這本書裡提到，大自然存在一種『好藥靈』。印第安人認為橡樹就有好藥靈。在橡樹底下過夜，好藥靈會庇佑你。我雖是無神論者，但有時對樹會有類似的感受。」他說，每棵樹的能量都不一樣。他曾爬過四十五公尺高的鹿林神木，照說這高度會讓人提心吊膽，但爬到樹頂時，迎面吹來的風震盪樹枝，他卻不感到害怕，反而覺得「樹會保護我」。然而，在爬另一棵三十五公尺、外型更強壯的樟樹時，他卻被一股壓迫感籠罩。「爬的過程一直很不安。」

那棵讓他不安的樹，是南投神木村據以為名的六百多歲巨樟。為了協助臺大實驗林進行樹冠層研究，他們在八八風災後來到已撤村的無人聚落攀樹。翁恒斌形容，那棵大樟樹屹立在多次土石流造成的礫岩上，從樹身下望，「那種四周都空蕩蕩的裸露感非常恐怖。」

會不會人類所感到的恐怖，就是樟樹日復一日獨自面對的感受呢？若上面這句話不是我們濫用想像力、為樹強作解人，而是樹木真有如此感知呢？深山的樹木被伐盡，失去群樹根系鞏固的水土奔流而下，成了人們口中的土石流災，再將下頭的人與樹連根拔除；這再強悍的生靈都畏懼的自然法則，因果之力。

我們在五犬山莊爬的香楠，暫時毋須擔心面臨這可怖的自然反撲力量。聽到學員問：「這棵樹真能讓全部人爬上去？」翁恒斌拍拍胸脯掛保證，香楠不單強壯，「還很乾淨，因為已經很多人爬過。」

我一直不清楚為什麼「乾淨的樹」對攀樹者來說很重要，直到有次親眼看見翁恒斌下樹時，不慎按到一隻停在樹幹上的巨網苔蛾，瞬間手掌一片紅腫。「現在是巨網苔蛾大量出現的季節，碰到的話很容易過敏。」

他走到鄰近的楓香樹旁，指著樹幹問我有沒有密集恐懼症，「有的話不要看。這上面爬滿大灰枯葉蛾的幼蟲，他們最愛吃楓香了。」「從攀樹的角度，楓香是不錯的樹，但這種季節樹上很多毛毛蟲。我還是喜歡爬樟樹，它強壯、硬度夠，又香，蟲子比較少。」

能避則避的樹種是榕樹和茄苳。前者樹液多而黏稠，灰塵容易附著，爬完往往一身又黏又髒；後者樹皮薄、易剝落，也易沾灰塵，加上有次翁恒斌一下樹，全身爬滿蕁麻疹，「後來我就不太帶人爬茄苳了。」

一旦曾以樹的視角看世界

翁恒斌的外號叫「鴨子」，體型瘦小的他，攀起樹來矯健靈活，猴子可能比鴨子更適合形容樹上的他。

他的攀樹資歷約四年。前兩年向香港樹藝師歐永森等人學習攀樹技巧，二〇一五年初次赴香港參加ＩＳＡ舉辦的攀樹師資格考試，那年臺灣有四人參加，他是其中三位取得資格者，也成為臺灣第一批ＩＳＡ認證攀樹師。

成為攀樹師之前，翁恒斌有長足且豐富的戶外活動經驗。從小當童軍，大學時將觸角往校外拓展，到荒野保護協會當解說員、取得紅十字會急救教練資格。畢業後曾考取環境教育研究所，但他「想在第一線工作、推廣環境教育」的志向與老師重視統計研究的路線不同，因而離開，之後長期從事體驗教育工作，接觸攀岩、溯溪、走繩、獨木舟等各種蔚為一時潮流的戶外運動，直到與攀樹相遇，才讓他有「這件事符合我本性」的感覺。

「學爬樹時，我們會問老師自己能不能考攀樹師，老師都說：『你們其他人不行，鴨子可以。』老師覺得你爬得好，就有種成就感。至於考攀樹師，當然也有種追逐浪頭的虛榮心在，但慢慢就發現，以前我假日跑戶外都是爬山，會爬樹後，就變成到處爬樹了。」後來，因為想自行創業，翁恒斌開始思考以攀樹為職業的可能。

在美國和香港等地，攀樹師的工作主要是修剪樹木，但臺灣的路樹修剪多由公家單位發包給園藝景觀商人，這些從業者或出於傳統思維，對樹木修剪知識不能與時俱進；或因低標者得標的採購法，投入成本低而草率行事，其結果就是我們隨處可見、齊頭截斷的城市路樹。

「我希望以修樹為主要工作，平日修樹，假日可以教人攀樹、修樹。我也會到中小學義務修樹，做樹木相關的講座研習。」翁恒斌為自己許下的工作藍圖非常充實，然而理想的實踐總是艱困。以修樹來說，一方面市場多被園藝景觀公司把持，另一方面，攀樹師修剪樹木是細活，我曾看翁恒斌和另一位攀樹師修剪松菸文創園區內的兩棵大樹，從現場評估、掛繩上樹、在正確位置用鋸以免樹木切口受感染，每個動作都需要確保自己和樹木的安全。這些細節費心費時，對習慣出動吊車截斷整排樹頭，求快求方便的業主來說，攀樹師無疑是不划算的選擇。

到學校推廣修樹和爬樹，也讓翁恒斌時常被誤會為免費工人。「我會要求只修一棵樹，而且希望學生來看。當學生看到你修樹，甚至一起爬樹，他會開始跟樹有連結，這才是我真正想做的，樹的環境教育。」

我告訴翁恒斌，看見這麼多年輕女性學攀樹，讓我有點意外（我承認，過去很少從事戶外活動，讓我對這類活動抱持許多刻板印象），他說，攀樹的男女比例的確滿接近，其中就讀相關科系，想以攀樹輔助學術研究或工作的女性更多。

不過，絕大部分學攀樹的人還是基於好玩和嘗鮮。對這些入門攀樹者，翁恒斌同樣不放過推廣教育的機會。無論是攀樹時的生態觀察、搭設樹床「來去樹上睡一晚」、在粉絲頁分享自己拍攝的樹上世界……他的想法都是「讓人覺得有趣、好玩，先引起興趣，再慢慢『催眠』他們了解樹的議題，而不是直接宣導。」

爬樹的人終究得從樹上下來。然而，一旦曾以樹的視角看世界，即使回到地面，也會不自覺抬頭仰望，想在每棵樹上尋找一處容納你棲身的地方。

「很多學員跟我說，他們開始觀察路樹的生長、修剪狀況，也發現臺灣對樹木非常不友善。」隨處可見的斷頭式修剪，看在與樹重拾關係的人類眼中，固然怵目驚心，甚至悲觀以對，但翁恒斌認為，比起完全漠視，人樹關係的改變契機，至少已經踏上起點。

有本專講攀樹的書，《爬野樹的人》是科普作家理查．普雷斯頓（Richard Preston）寫的紀實文學作品，裡頭記錄幾個「攀樹瘋子」，以攀爬百公尺以上的巨樹（主要是北美紅杉）為職志。我以為會是一本充滿專業攀樹術語和深奧植物知識的書，沒想到除此之外，作者寫出了鮮活的爬樹經過，更用文字爬進攀樹人的心。

人可以自在棲身於樹嗎？

懼高症，以及從高處往下跳的欲望，是攀爬野樹的人必然遭遇的心理關卡。不怕高的森林學家史提夫，因為妻子要求離婚而在樹上崩潰。他對常一同進森林的紅杉迷朋友麥可說：「麥可，有好幾次我在樹梢上看著下面，掉下去可真是要掉很久，重點是，我居然不害怕。」他說，不再害怕掉下去的這個事實，反而讓他害怕自己說不定真的會掉下去。

麥可有極端嚴重的懼高症，因此再怎麼熱愛巨樹，他永遠無法體驗置身所愛之上的感覺。他伸手摟住因崩潰哭個不停的朋友，告訴他：

「我們所處的是個沒啥道理的瘋狂世界。你想著樹木好了，行嗎？不要想阿曼妲，不要想著從樹上掉下來，史提夫，行不行？老兄，也不要想你自己的事。什麼都不要想，只要想著樹。」

史提夫沒有往下跳。到了書的結尾，麥可跟史提夫和他的第二任妻子瑪麗簽下一紙合約，答應爬上一棵二十二層樓高的大王桉。在上樹的過程中，麥可逐漸感到不舒服，他開始恐懼起來。

史提夫把麥可擁在懷裡，拉著他移動到有樹蔭的一邊。兩個男人在繩索上前後擺盪、互相摟著，麥可更是緊依著史提夫。「別擔心，麥可，我已經摟住你了，」史提夫說：「你很安全。」

據說，人類是唯一在高樹上沒有安全感的靈長類動物。我們在漫長的時間裡演化成雙腳踩穩大地，猶如植物往土地扎根的物種。如果我們在樹上也能扎根呢？如果我們重新篩取靈長同類的記憶，或者，乾脆就當自己是樹冠層裡一株小小的附生植物，我們會不會更自在棲身、安住於樹？

你們在做什麼？是不是在傷害樹？

後來，每當遇見一棵新的樹，特別是大樹，「能爬嗎？」「哪邊適合架繩？」這類問題總會立刻浮現腦海。我會興致勃勃地勾勒起要是爬上這棵樹的種種畫面：首先用手輕掬新綠的嫩葉，嗅聞它們在高處大方釋放的香氣；

接著把自己交給繩索，全然放鬆往後仰躺，好好欣賞樹冠親近眼前的模樣；要是膽子再大一點，我要嘗試盪向不遠處手臂粗的橫向枝條，走向枝椏與樹身交接處坐下，靠著大樹眠夢一場……

但這多半只是初遇一棵樹瞬間的白日夢。在「攀樹趣」上完初級的攀樹課後，我曾詢問鴨子購置一套攀樹裝備的費用——是一筆讓菜鳥卻步的金額。若非有意投入職業攀樹師或商業運用（例如和我一起上課的某位男同學，由於家中經營露營場，後來便把攀樹列為露營區提供的休憩娛樂項目），純粹想滿足到各處攀樹的願望，很快就會遇上「何樹可攀」的問題。

城市的樹不能攀爬，深山裡遍處的樹總可以吧？只是，考量到我一來不會開車，二來負重能力有限，光想到如何把動輒十公斤起跳的裝備背上山，心裡的退堂鼓早打得震天響。

思來想去之間，不知不覺我已悄悄為自己和攀樹的距離畫上一條界線。頭幾年不是沒有愧咎——在走向樹的這些年裡，該有多少行動實踐才算數，一直是苦惱我的問題。至今心裡仍有股微弱的聲音偶爾發出尖銳質疑：妳從事最多的書寫，算得上一種行動嗎？

但，多虧認識了鴨子，雖然始終沒成為真格的攀樹人，我卻幾次跟上他們公務或私人的攀樹行程，親自上樹或從旁見證了攀樹職人與樹木間，生活、伴侶般的日常。

內建文青性格的鴨子，在專業攀樹教練的名聲鵲起後，獲得出版社邀請，親自執筆寫出自己的攀樹故事《樹上看見的世界》，他在書中以輕鬆中不時感性抒情的口吻，回顧自己和攀樹趣團隊的杜裕昌、許荏涵等攀樹師一同攀爬過的大樹，包括起初受訪時提到的神木村孤立於土石流上的大樟樹、給他強烈庇護感的鹿林紅檜神木，還有坪林山區一棵卓然拔出、高達二十八公尺的臺灣油杉——那也是我截至目前跟攀樹趣爬過最高的一棵樹。

那是我剛上完攀樹初級課程一段時日，還記得怎麼以正確程序自行操作裝備，把自己掛上繩索、踩著繩結一屈一伸爬上去——儘管動作最不熟練的我早被眾人狠拋在下方，我連他們的尊臀都看不到。這棵油杉的高度大大超越平常訓練時爬的闊葉樹，使得攀爬過程彷彿遠征世界盡頭。然而比起無止盡的屈體向上動作，我印象更深的，是這棵油杉「真的很髒！」在抬頭努力往上爬的過程中，前人落下的樹身碎屑、塵土，不斷滾落，幸好我被事先囑咐配戴護目鏡，才免除了視線受阻甚至受傷的危險，也印證鴨子先前說過的「很多人爬過的樹比較乾淨」。

《樹上看見的世界》中有這麼一段關於這棵油杉的敘述：

我在將投擲繩轉換成攀樹繩的過程中，注意到樹幹上約從三公尺處開始，每隔固定距離便有人為釘上的鐵釘與木條，而且幾乎一直延伸到樹冠，威廷判斷是有人為了上去踩種或採集其他植物而固定上去。

我也在攀爬中一路見證了這些綿亘不絕的鐵釘和ㄇ字釘。

或許是過往人類使用樹木的方式太過粗暴，釘釘子也好、斧斤電鋸以入山林也罷，看在其他人類眼中猶如野蠻奪取生靈性命的暴行，催生了護樹、保育、禁伐等訴求；然而不知覺間，人類似乎也把樹木看成陌生又脆弱的存在，於是愛護他們最好的方式就是保持距離。

我想起爬臺灣油杉後又隔幾年，我到桃園復興鄉拉拉山風景區採訪鴨子、裕昌等攀樹師協助進行神木風險評估的調查工作，由於風景區對一般民眾開放，而神木群多在步道兩旁，當攀樹師掛繩上樹，或在樹上以電鋸修剪有風險之虞的枝條時，樹下總要安排一兩位攀樹師站崗，不厭其煩地回答經過民眾的質問：「你們在做什麼？是不是在傷害樹？」一天不下二十次。

蠻橫粗暴和過度小心，看似截然不同的兩端，本質或許系出同源——都是對樹的不理解。鮮少接觸也助長了這份生疏。

要是孩子們都能隨心所欲地近樹、爬樹，以樹為玩伴，就像蘇俊郎父子帶領的城市攀樹體驗，住郊區的孩子則乾脆什麼工具也不必倚靠地徒手上樹。有了這樣的生活經驗與童年記憶，長大後的人類會不會更具備對樹這友伴族群的基礎理解、更懂得對樹保有一份合宜而不過分的關心？

重返童年的老樟樹

我最感謝鴨子的一次攀樹經驗，是他帶我回到我畢業的國小，爬那棵我曾朝夕經過六年的老樟樹。

童年在桃園龜山與林口的丘陵臺地間長大，我是習慣樹木草花作伴的小孩。然而國小校園裡的樹從沒見過有人爬，想來也是禁令。我們是學校圍牆仍漆有「保密防諜」、「反攻大陸」的一代。校園裡的樹可以觀賞、可以玩遊戲藏匿、可以偷偷摘取葉片，唯獨不能爬上去。而這樣的時代已經終結，鴨子告訴我，我的母校大崗國小每年夏天都會邀他們團隊去帶畢業生攀樹，在樹上領取畢業證書。

小學畢業後就搬進桃園市區，自此不曾返校的我，就這樣跟著攀樹趣走進睽違二十七年沒見的國小校園。大崗國小是一座百年學校，自我畢業後校園風貌也有了巨大的轉變。我花了一點時間才想起這棵老樟樹和我曾有的交集——它位在我國小五年級的外掃區域，那時我天天拿著竹掃帚或撈水溝垃圾的掃具，在它底下走來走去。樟樹在春天時為了汰除老葉，落葉總是凶猛，但我想不起打掃這裡時有任何不耐的回憶，是因為那時暗戀的人也和我同在一個打掃區域嗎？

鴨子和綽號「嫩嫩」的攀樹師許荏涵，早把攀樹繩索和收納袋逐個安置在樹下。我和即將畢業的小學弟學妹們一起聽他們介紹攀樹的要訣，這當中還意外偶遇了念書時的教務主任陳靜枝老師。和老師交談後，有一瞬間我幾乎被洶湧的回憶給淹沒。我抬頭看向領頭爬上去的幾個準畢業生，鴨子他們示意我也可以一起上樹了。

老樟樹不高，可以說我輕而易舉就上到終點。跟孩子借來一紙畢業證書拍了照。與其說有什麼會引起極端情緒的回憶襲向我，我更深刻的困惑在於：我究竟是如何抵達這裡的？

鴨子他們跟老師都在樹下，耐心等待我在樟樹新綠的樹冠間，從不知名的遠方眺望這裡的自己，疑惑而感激。

貳 和樹生活的人

他走到樹旁，摸著這棵樹跟它說：樹啊，你好，我是達道，從現在開始，你也是達道……

我依著臉書粉絲頁「巴奈達力功坊」上的電話號碼撥過去，兩天內撥了幾次，都無人接聽。從 Google Map 看來，位在都橋另一頭的巴奈達力功坊雖和都蘭的主要街道有段距離，但應該還在徒步可抵達的範圍。

十一月的臺東依然溫暖，接近正午的此刻甚至可用炎熱形容。民宿隔鄰飼養的黃狗懶洋洋臥在屋簷下，抬起眼睛看著準備出發的我，像在質問我這時刻上路是不是有點犯傻？

可能撲空的尋訪

何況，這一趟上路的結果很有可能撲空。無人接聽的電話是個預兆，但不是唯一的。這次前來臺東，是為了替某個媒體採訪由藝人舒米恩在故鄉都蘭部落主辦的「阿米斯音樂節」，這個音樂節從企劃、節目、現場市集到工藝工作坊，多由舒米恩邀請族人共同參與，洋溢著原汁原味的部落氣息。

會知道「巴奈達力功坊」教授樹皮工藝品，因為那原是阿米斯音樂節工作坊的其中一項活動，但當我嘗試報名時，音樂節工作人員卻告訴我，樹皮製品的體驗工作坊因故取消。懷著遺憾和不願白白放過的心情，我在網路上查找巴奈是何許人物，所謂的樹皮工藝又是怎麼一回事。

臉書上的「關於」是這麼寫的：

巴奈，是都蘭老頭目沈太木先生的阿美族名字，達力功，則是阿美語用來擺放物品的地方，以現代的概念來說，既可以工作，又可以擺放與陳列物品，因此在後頭又加上了一個中文的「坊」字，希望能夠更淺顯易懂。基本上，這就是他和妻子工作的 Talu'an，也就是工作室。因此取名為巴奈達力功坊。

樹皮，是南島語族共通的傳統技藝之一，在人類早期文明時代，樹皮、獸皮，都是我們拿來遮蔽身體的材料。但在二十年前，阿美族的樹皮文化已經消失超過半個世紀，直到巴奈達力功頭目與同階級的人積極尋訪耆老，尋找兒時印象中工寮裡曾經看過的樹皮衣的記憶與技藝。但可惜的是，樹皮衣的文化已經成為口傳，成為過去，已經沒有人知道怎麼製作。

faki（阿美族對男性長老的稱呼）憑著老人家的口述，慢慢地摸索、研究，和kaput（階級）的人一起到處尋找樹材、試驗方法，從第一件硬梆梆的作品，到現在柔軟如棉布的樹皮布傳統衣，是*faki*和*fayi*（阿美族對女性長老的稱呼）們將青春投注在樹皮文化的成果……

賓果。我知道巴奈和他的樹皮工藝正是我要找的「和樹一起生活的人」。這些年，對原住民文化有更進一步的認識後，我總覺得原住民和自然的關係、對待自然的態度，是不分族群、標榜現代化的人們應該接觸、了解，以此對照、反思自己族群又是用怎樣的方式和自然相處。

然而，我的這些想法並不是沒被潑過冷水。「不要對原住民跟自然的關係有太多浪漫的想像」，無論原民或漢人朋友都曾這麼告訴我。畢竟，在政治干預和歷史演進下，他們早已被迫放棄某些傳統，如今我們所見識的「原民傳統」，若非上世紀九〇年代前後的原民運動、文化復振等活動，把曾經失落、中斷的生活方式和信念價值找回、重建，恐怕早就湮沒在齊整的現代性和集體管理之下，老頭目巴奈找回的樹皮工藝就是一例。

但巴奈為什麼臨時取消了阿米斯的工作坊，也聯絡不上？我一邊在接近正午的烈陽下行走，一邊揣測各種原因，為可能的撲空做心理準備。曝曬在日頭下的人不只我一個。馬路旁的一間老屋頂上，幾個黝黑的男人裸著上身，正在修砌屋瓦。一個部落裡的中年男人見我停下觀看，和修屋的人以族語招呼後，嘗試向我解釋。我聽得七零八落，直到他說「妳是在某個地方來的」，我從他的表情理解到這是一個問句，也才明白，儘管漢語不流利，他仍不放棄和我溝通。

在都橋上往下望，橋下無河。是本就無河或是秋冬枯水期所致，我不得而知，倒是看見一個年輕男人在草叢間架起箭靶練射箭，靶上有一頭筆觸簡單鮮豔的山豬圖案。

巴奈的 Talu'an 就在過橋後不遠處。我沿著水泥鋪的小徑走進去，看見一位老婦坐在鐵皮屋頂下埋首縫紉，頓時鬆了口氣。我向老婦表明來意，說想學樹皮布，但電話聯絡不到巴奈頭目，只好直接上門，不知他們是否願意接待我？老人家沉吟了一會，要我坐下等巴奈回來，便不再和我搭腔，自顧自繼續手上的針線活。

把樹皮「敲」下來

我見她縫的是一只深棕色皮包，問那就是樹皮包嗎？老人點頭，但沒有想要多做解釋的意思。我也收斂起從前為了採訪極力表現的熱情跟好問，卻忍不住擔心，萬一，他們和我剛才遇見的男人一樣，不能以漢語溝通，該怎麼辦？

不知過了多久，身形瘦小、頭戴棒球帽的巴奈慢慢從外邊走進來。老婦人和他吐出一串族語，料想是告訴他這裡有個不速之客沒預約就登門了，我連忙掛上笑臉表達熱情，「可以跟你們學做樹皮嗎？」

老人沒多說什麼，臉上波瀾不驚，逕自走到工寮後方，消失在草叢和群樹間。我尷尬不安地望向老婦，但她已回到縫紉工作。我只能猜想：一、我應該獲得留下的許可了，二、這堂課最好多動手、少開口。

老頭目拎著一截半人高的樹幹回來，我憑著前一晚上網做功課的記憶問他，這是構樹嗎？老人說是，接著拿出一把鋸子截取大約十五公分長的樹幹。這就是我今天的材料。我要做的是造型最簡單的茶色小背包，皮包由樹皮構成，麻繩固定在包側作為背繩，最後以一個簡單的植物果實作為皮包外釦。

先前，趁著老婦人問我想做哪種包包，我問她該稱呼她ina還是fayi？她笑笑，還是一逕沉默，大概早知道往後我們相處的三小時內，其實不足以讓我抓著她fayi長fayi短。後來我從網路上得知，這位巴奈頭目的太太，漢名叫潘秀仔，部落裡的人則喚她Asaw fayi。

面對巴奈鋸下的木頭，我楞楞地問他，要怎麼把樹皮取下？用這個敲啊。他取出一支鎚子，見我目瞪口呆的模樣，他終於露出笑容，舉起鎚子咚咚咚，沿著最邊緣的樹幹皮層敲打給我看。

「這樣敲，樹皮就會掉下來？」老人把鎚子交給我。我使勁敲了一陣，但樹皮實在沒有脫落的跡象，巴奈和太太笑著用族語交談幾句後，要我把鎚子跟樹幹交還給他，不消幾分鐘，他俐落地將樹皮從樹幹剝除下來，切開攤平，然後要我繼續敲那塊帶著潮濕水氣的樹皮。

「不要敲那麼大力。」老人語氣平淡地指點著，我邊敲邊問為什麼要這樣敲樹皮，他說這樣樹皮才會變軟變大呀，才能做成皮包或其他東西。見我力氣忽大忽小，卻老抓不到恰當的敲打方式，老人家用最快的方法教我——把樹皮和鎚子逕自拿過去自己做起來。

這可不成，我是來體驗的。用眼睛抓到訣竅後，我連忙要巴奈把樹皮還我，讓我自己慢慢敲打，將原本十五公分長、十公分寬的樹皮延展成約莫三倍面積。一旦上手，我忍不住想「採訪」些什麼，不時追問巴奈各種問題，從樹皮包的製作技術，到他個人投入樹皮工藝的經驗，雖然，我早在一些網路資訊中讀到他的故事：

今年已八十四歲的巴奈，是都蘭部落的前頭目，九〇年代當原民部落文化逐漸復振，編織、刺繡、雕刻等傳統工藝都有所傳承，巴奈想起過往曾聽父親說過的「樹皮衣」，也依稀記得童年曾在工寮看過類似的衣物，但製作方法早已失傳，抱著嘗試精神，巴奈自取樹皮著手，直接從做中學。起先連樹皮都是直接從樹上剝除，後來才曉得可以截取樹幹，再以敲打「脱」樹皮。也沒想過剝下的樹皮需要再處理，才能縫製成衣物穿在身上，因此，巴奈的頭幾件樹皮衣硬梆梆的，甚至會割傷皮膚，就像把木頭直接套身上……

面對我的問題，老人偶爾回幾句，但多半置之不理。正當我在心裡抱怨自己太急躁，犯了訪問大忌時，巴奈忽然掏出手機撥電話，幾句族語後，不多時，一個年約五十到六十歲間的男人出現了。他是巴奈的兒子，取代父親坐在我面前，試著回答我提的各種問題。但他的漢語也有限。無疑地，平日家人族人交談不必使用這種外來語言。他自覺語言能力不足，抱歉地說因為我是臨時來的，平常幫忙導覽的人不在……

我連忙搖頭說沒關係，是我自己沒預約。不知為何，他的道歉讓我更愧疚。或許因為他們不像我曾參加的工作坊，總是一到現場就先要求繳費；或許因為他們努力要用我的語言回答我的問題；或許因為我無限上綱地想像著：來自我父系、母系的漢人先祖，曾直接、間接地造成了他們和傳統文化的斷絕……

我逐漸明白，在這個情境下，勉強以語言獵取巴奈如何和樹木、樹皮一起生活，是不禮貌也嫌粗暴的。況且，我不正手握鎚子敲打構樹皮，體驗著他親自探索來的人與樹的關係？

做樹皮衣做到沒朋友

見我專心敲打樹皮，試圖敲出一片力道勻整的畫面，巴奈的兒子也不再焦急該如何應付我的好問。不知不覺間，當我從工作中抬起頭，他早已離去，工寮再度剩下兩位老人家和我，各自做著切割、縫製、敲打的動作。

我想起讀到的訪談文件中寫著，敲打樹皮是整個樹皮衣製程中最為冗長枯燥的程序，巴奈自己都開玩笑：「原本在部落裡很多朋友一起喝酒，自從做樹皮衣，整天敲敲打打，都沒有時間喝酒，變得都沒有朋友。」[1]光是敲打這塊小小的樹皮，我都已覺無聊，何況這還是他摸索多年後最有效的方法。據說，巴奈一直實驗到第十三年才完成他認為合格的樹皮衣。要怎樣才能耐得住這麼長時間的工藝活？

但是，工時再怎麼漫長，終究還是比一棵構樹長成到足以被人類剝取的時間還短暫。我（還是忍不住）問巴奈，構樹都是從哪裡來的？到山上砍啊，他說，砍樹要和樹靈先打招呼，還要送謝禮，或是敬酒，或是用石頭交換。平地的樹木越來越少了，巴奈悠悠補了一句。

1 〈找回樹皮布的文化榮耀——都蘭耆老沈太木的傳承故事〉，侯方達著，原文見原住民族文獻網頁：https://ihc.cip.gov.tw/EJournal/EJournalCat/172，網頁擷取日期：二〇二三年九月三十日。

總算，我敲的樹皮被巴奈認可，可以進入下個工序。輕輕捧著這片我開始熟悉觸感，但它的濕潤和彈性仍教我吃驚的樹皮，我心中浮現一股敬畏，既敬畏人類長久以來和植物建立的關係，足以巧妙運用想像和創造能力將植物變造成布；也敬畏自然本身，如此豐饒，如此供給，如此樂於和人類緊密交織，助人類發展各種應用在生活中的材質，從而開展「文明」。

接下來，「縫紉」是我比較熟悉的動作，雖然這布料看似難以駕馭，我好歹也曾在劇團幫忙縫製各種奇怪材質的戲服。但負責教我的 fayi 顯然被太多工作坊女學員的縫紉技術訓練得不敢樂觀，儘管我說沒問題，她依然在示範起針後縫個不停，直到我重複強調：「fayi，我可以，讓我自己做，不要幫我。」她才把針線交到我手中，任我自己慢慢縫。

應該過中午了。無風的工寮裡，汗水在我脖子上緩慢滑行，我的縫紉動作卻越來越快，fayi 探過來看我完成的縫部，露出微笑，「啊，妳真的會縫喔！」「媽媽有教我啦。」我有點得意自己的縫技超出老人意料，不過老人立刻從我手中把粗具雛形的皮包拿過去，俐落地將背帶麻繩縫上包包邊緣

（我勉強討回自行縫完另一半），接著穿繩將一顆漆黑、拇指頭粗的圓形物縫成袋釦。

「那是什麼的種子嗎？」

「是乾掉的芭樂。」我聽了照例土包子一臉驚訝，這次，換老婦人得意微笑。

fayi 塞給我一張報紙，要我放進濕潤的皮包中吸收濕氣、加速乾燥。我興奮地背起這個樹做成的小背包，邀請他們和我合照。兩位老人家的合照是拘謹的笑，輪到 fayi 跟我合照時，我倆背上自己做的皮包。她的包大多了，花紋式樣也更繁複。

背著新鮮的成品徒步回到民宿時，背皮包的肩膀竟微微磨破了皮。這現代人脆弱不堪的肉體啊，忍不住笑自己。旋又想到，構樹把自己的皮給我做包，我磨破那點皮還它，實在連回禮也算不上。

「原住民不太習慣用這種方式分享。」聽到我說想了解更多原住民與樹共生的經驗後，李後璁笑著打槍。從前常和原住民獵人一起上山的他知道，要原住民如同此刻他和我對面而坐、一問一答，娓娓道出他們的經驗，很難。

但即使是李後璁本人，我也清楚：坐下來談他和樹的故事絕不是最好的辦法，而是不得不的下策。誰叫他已經從多年的山林臣服者，逐漸變為海洋的經驗者呢？

成為追蹤師

我是從他所寫的書找到他的。前幾年，一套名為「追蹤師」的系列書籍在臺灣掀起一陣討論，這部描述美國白人男孩和印第安老人學習阿帕拉契族與自然共處智慧的套書，是作者湯姆．布朗（Tom Brown）的親身經驗，他在紐澤西州創辦的追蹤師學校（Tracker School）也和一般野外求生或挑戰極限體能的冒險學校不同。李後璁，一位原本在醫院工作的年輕放射師，在讀了「追蹤師」系列一年後，離職前往美國學習成為追蹤師。修業結束，他接著踏上北方的阿拉斯加，尋訪《阿拉斯加之死》主人翁克里斯最後長眠的巴士，並將這些經歷寫成《阿拉斯加歸來——松林青年的奇幻之旅》一書。

他在書中以趣味、直白、偶爾挾帶強烈抒情口吻所描述的追蹤師學習過程，非常吸引人。要成為一名追蹤師，無關乎你的性別、年齡、族群、行業，但不可少的是崇敬自然，願意與自然「合而為一」的身心——即使在與自然共處的過程中，面對不可避免的狩獵和殺戮，依然要保有那樣的敬意，意識到自己置身於巨大的生命網絡中，與萬物的生命和死亡相互牽動。李後璁也在書中寫到幾次他取走動物生命、肢解動物軀體並作為食物的經驗。

我在臉書找到他經營的粉絲頁「山鹿自然工作室」。李後璁的自然名「山鹿」，是為了紀念他在追蹤師學校初次肢解一頭被車撞死的懷孕母鹿。除了詳細記錄過程的文字外，他也放上肢解母鹿後，兩隻緊閉雙眼的胎兒小鹿和母親臟器一起放在地上的圖片。那畫面與其說是血腥，我更強烈感受到的是：憂傷。

儘管樹木在李後璁書中出現的次數不算多，卻經常是關鍵角色。學校裡，他們必須懂得自然環境中適材適用的道理，而樹木能派上用場的時刻太多，舉凡鑽木取火（更正確地說，那片重要的木板叫引火板），狩獵用的弓箭或獵兔棒，乃至遮風避雨的自然庇護所……全賴樹木供給材料。

我寫了一封訊息給山鹿，除了表達邀訪之意，我更想實際參與一次他所帶領的山林生活營隊，具體經驗他融合印第安追蹤師和臺灣原住民獵人的自然生活技能。他很快回信給我，邀請我參加最近期的一次營隊。不巧，那時間和我的其他工作撞期。事後我才知道自己錯過了他當時最後一次公開的山林行程。

自由就是不會害怕

總算和李後璁見到面，是在臺北寶藏巖的尖蚪咖啡。在他下個會議之前，我們僅有一小時談話。我問他為什麼會議和訪談都約在這？「這裡離城市稍微遠一點。」他解釋，因為在臺北時間不多，得盡量有效率地利用時間，而稍後的會議，是他們即將開啟的全新營隊——帶一群人划船去無人島上生活，學習如何溫柔對待海洋，從自然討取自己生活所需的一切。

「所以你現在關注的自然不只是山，還包括海？」

「當然，山只是自然的一部分。」他一臉熱切地滔滔不絕：「海洋的頻率、對話方式完全不同，但也非常有趣……我們在追蹤師學校是學習『怎麼溫柔地跟自然學習』，那不是一些固定的技能或狀態；如果我學的只能在美國森林裡運用，那我會覺得很怪。」他舉例：「比如臺北的森林跟屏東的森林所講的就是完全不同的話，它們是完全不同的個體，氣候不同、水文不同，地質和植物相都不一樣，你不可能用同一套技能在裡頭生活，因為那就是不一樣的事情。」

李後璁強調，自己在追蹤師學校習得的，是能夠延伸在各種環境的概念。「是學習怎樣打開感官，向你遇到的自然臣服。這個學習的核心是『自由』，能自由自在流動於任何場域，包括城市；一旦你能在自然中自由地感應，並且臣服於每個自然環境所說的話，你就能在各種環境中自由。」

「你一直提自由，但你說的自由到底是什麼？」我問。

「就是不會害怕。當整個大地都是你的家，當你到任何地方都可以安心自在地生活，舒適圈變得很大，那就是自由。即使到一座黑暗的森林，但我知道它會供給我所需要的一切，不必擔心沒睡袋、沒水喝，不會渴死、餓死，也不會有傷害我的東西……當我清楚這些，甚至，也能接受森林裡有比我強壯的動物，而牠也許會為了活下去把我吃掉……當我連這件事也能接受，就超越了另一種恐懼啊。」他露出坦率的笑容，「恐懼越少，自由越大；依賴越少，自由越大。」

我問他，從過往的學習到如今的實踐，樹木在他的野外生活扮演什麼樣的角色？他低頭沉吟了好一會。這沉吟讓我想起有時約訪或談話中會發生的，某些談話對象對於把樹木從自然環境單獨抽出來談，會感覺陌生或不習慣——對他們來說，自然是一個整體，是環環相扣的生態系，要談樹而不談其他仰賴樹的昆蟲、真菌、動植物乃至土壤、空氣、水、日光和季節變化，並不是件容易的事。

兩個木頭談戀愛很快樂，火就生出來了

李後璁從袋中掏出幾個小物件放在桌上，看起來都像木頭，或至少有一部分是木頭。我逐一拿起它們碰觸，感受質地，嗅聞它們的氣息。首先握住的是一小片長板，中間凹陷焦黑，木頭久經抓握使用，凹凸木紋早已消失，觸感滑溜。

「這組木頭是從三峽被拆掉的眷村房屋搶救下來的，原本是橫樑。」他凝視手上這根曾是家屋棟樑的柳杉，「我帶走它，希望成為我生命的一部分。」便將它製成鑽木取火的引木板。

在追蹤師學校，老師告訴他們，印第安人相信木頭會貯存陽光。「越古老的樹貯存越多太陽，我們鑽木是把樹木裡的太陽呼喚出來。他們說，這是幫助兩個木頭談戀愛，談得很快樂，火就生出來了。」

他將一柄做工簡單別致的小獵刀遞給我，木頭握柄嵌住刀刃，刀鋒不晶亮，看得出它常派上用場，也許劃斷過許多小動物的喉嚨？我沒追問，只輕輕用手滑過刀身。

「這是我去美國前三天認識的一位大哥送我的，是他從前爬山時一位原住民老人家送他的。這是我收到非常重要的禮物。我跟它在一起非常久，幾乎所有動物都是用它解剖，所以它上面住很多動物，包括我第一次解剖的那隻母鹿。」

他舉起另一把刀鞘美麗的刀，上頭用釘子看似隨意地固定，也是一份自製的禮物，他要我聞聞看。「好香！是檜木？」李後璁點點頭，「這把刀也陪伴我滿久的。東西要用才有生命，沒被使用的生命是一種浪費。」

「我跟木頭的連結很多，各種木頭我都會嘗試。」好比強勢入侵的外來樹種銀合歡，人人都厭惡，他卻不以為意，取回木材嘗試開發用途。「它只是活得太好的生命。」「銀合歡是很好的柴薪，拿來當燃料燒，是很好的木材，用對方法甚至能取之不盡、用之不竭。」

另一件他遞來的東西，我一摸覺得有異，這硬硬的物事不像木頭，也辨不出氣味，瞎猜了半天，我只能搖搖頭，「這不是樹吧？」

「是長在動物頭上的樹。」我瞪大眼睛，望著手中的獸角。「它是美國阿拉斯加馴鹿頭上的角，是我在荒野裡撿回來的，很大的鹿角，這是其中一段。」李後璁用質地堅硬的鹿角來鑽東西，每次使用它，就會想起在阿拉斯加遇到它的當下。「我喜歡陪伴在我身邊的東西都擁有故事。」他拉起身上衣服的一個小洞，「我記得穿著它烤火時，火星怎樣飛到身上造成這個破洞，褲子這個洞是爬南湖大山跨過一道圍籬時勾破的……」，他咧著嘴角大笑，

「人家累積存款，我累積故事。」

說故事也是懂得與自然生活者的本領。他們說的不是鄉野奇譚，也並非都市傳說，而是亙古以來的風聲、葉聲、水聲，以及大地底下萬物生長騷動之聲所傳遞給他們的訊息。李後璁說，關於說故事的本領，他是從原住民獵人身上學來的。有些獵人或老人家不只善說故事，他們自身也成為故事裡的動人角色。

失去溫柔，人是會壞掉的

「我記得有次我帶一群人到立霧山的大同大禮部落，那裡有個頭目叫達道，八十幾歲了仍在山上生活，是個強壯的老人家。我記得他去拿一棵樹要蓋工寮，他不是走過去直接把樹砍下來，我不知道他這輩子已經拿過多少樹，但他仍然這樣做：他走到樹旁，摸著這棵樹跟它說：『樹啊，你好，我是達道，從現在開始，你也是達道，你就是我，我就是你，我拿走你的部分，你的部分跟著我，成為我的一部分。從今天開始你也是達道。』然後才把它鋸下，拿去蓋工寮。」

「溫柔，」李後璁用這兩字形容達道對待樹木的態度：「我覺得溫柔是我們人對待自然時很重要的事情。」因為溫柔，他眼中的城市樹木是「用落葉幫自己和土地蓋被子，人類卻以為這叫髒亂，硬把它們的被子清除搶走，樹跟土都要著涼了……這樣的公園太寂寞了，永遠不可能成為森林。」

我們依賴樹卻渾然不覺，才會做出一再傷害它們的行為，才會「把山頭鏟平再種人類認為漂亮的樹；才會有生態農場把山上百年的七里香挖回自家門口，然後說這叫就近照顧。」他的嗓音越來越低，「當自然對你只是資源，你是不會有溫柔的。當失去對樹木說『你也是我』的溫柔，人是會壞掉的。」他喃喃低語：「我們每個人都想被溫柔對待……但是錢無法對我們溫柔。」

這個大男孩當初捨棄穩定工作和收入，是不是就想尋回這份與其他生命相處的單純溫柔呢？他經常教導學員，在山林中萬一迷路，不需緊張，往附近找一棵最大的樹，靠著它坐下，樹自然會幫助你安靜下來，不再躁動。剛從美國回來的那段時間，他一度陷入迷惘不安，無法接受自己從溫柔美好的自然回到躁動的城市，直到朋友帶他到一間土地公廟，看見廟旁一棵再平常不過的老榕樹，他忽然心有所感，站在樹前淚流不止。

「我突然發現自己觀看那棵樹的方式不一樣了。我可以看到樹上的動物和昆蟲，看到其他植物的生命在上面累積成的模樣，小小的蜘蛛爬過的痕跡，泥土裡面所有生命的軀殼連在一起。那棵樹是一個家，也是一個生命和一個食物倉庫，包容很多不同存在，各種生物在它身上都能有所獲得。那棵樹很慷慨，而我越看，越發現原來我跟自然的連結沒有失去，我的眼睛已經不同，可以看見不一樣的東西了。」

「那時我就安心了，我知道在美國經歷的一切都是真的。回國見的第一棵樹對我這麼重要，它讓我知道，即使我在城市裡，也可以和自然保持連結……我沒有離開。」

儘管李後璁熱情邀約我參與他們之後舉辦的海洋活動，出於對海水漫無邊際的恐懼，我暫時推辭了。往山上去或往海裡去，對這道選擇題，古人給了一個很心理測驗的說法：「仁者樂山，智者樂水。」或許這的確反映我的心之所向，畢竟成年生活中，我們時常見證，當個善良的人比當個聰明的人更不容易。

我繼續尋找和樹一起生活的人，過程並不順利，雖然和樹生活的範圍乍聽很大。真說起來，誰的家居生活中沒有樹木存在？放眼望去，樹在我家隨處可見：鞋架是南方松製成，餐桌是橡膠木打造，床架是松木，書櫃來自樺木，筷子是杉木材，還有椴木製的鉛筆、檜木提煉的精油、深藏衣櫥角落的樟腦丸……

我把焦點鎖定在「木工師傅」這個職業。然而幾經詢問，我找到的木工師傅多半精熟工匠技術，能對特定木材的材質用途侃侃而談，但問到來處——

森林和樹，他們多半搖搖頭，說一般木工不需要具備樹木或森林的知識。

我很訝異，但並不認為這些師傅有錯。在專業分工細膩的時代，能把工匠技術磨練到家已足夠應付生活所需，況且木工師傅哪需要上山林拿取材料？雖然我的內心隱約有聲音呢喃：快出現一個熟悉樹、林、木的木工師傅吧！我想和這樣的人學習如何與樹木相處。

忘記那則廣告訊息是怎麼跳進我的臉書頁面，但我再次發自內心相信：宇宙會依你的訂單捎來你需要的事物……

這是一堂森林野地裡的木工課。我們要帶孩子進入森林，認識樹木、學會揀選好木料。從生活日常需要出發，走入樹林，讓樹林成為生活日常的寶庫。

我們要打開孩子的想像力和創造力，樹幹樹枝不再只是燒柴。

這一堂還要傳授給孩子，簡單好用的結繩技巧，以及木工具的使用技巧，並且為自己手做三件木工用品，實際設計實現自己的需要。

他們將發現，學會木工、和認識森林，那生活上想要的，就多會有了。

訊息發布者，是近年在花東建立農產直購，配送給各地消費者的「大王菜舖子」。雖然沒和他們買過農產品，也不認識人稱「大王」的王福裕本人，但幾個自臺北移居到花蓮的朋友都曾在大王菜舖子幫忙工作。只是，大王何時轉換跑道教起木工了？

無論如何，我不想再像之前李後璁的營隊那樣錯過機會，雖然木工課看似針對孩童，我仍厚著臉皮寫信詢問：「我已經成年許久，但滿有自信像小孩一樣參加活動，可以嗎？」

父母要一起不怕

大王菜舖子位在花蓮壽豐和豐田之間，一個叫「平和」的小村。從花蓮車站轉乘區間車到平和途中，車廂裡有幾個母親和國小年紀的孩童組成將近十人的小團體，一路上興奮地嘰嘰喳喳。如我所料，當我們一起在平和車站下車，我確認這群遠從臺北來的小朋友，就是我未來三天木工課的同學……

平和車站是個無人管理的小站，站外比三條小岔路顯眼的，是一棵好大的龍眼樹。八月中，正是龍眼結實纍纍的季節，那景致太像童年外婆家後方的模樣。我被記憶召喚著，遠遠拋下未來的同學們，在樹下不住抬頭張望，想像假如一串龍眼沉甸甸往我頭頂砸下，我能否一路穿越回阿蓮鄉下，和外婆、表姊、大姨，以及年輕的父親母親一同坐在樹下，挑選、包裝甜美豐收的龍眼？

嬉鬧的未來同學們從我身後經過，大聲詢問可不可以到雜貨店買冰棒、零食？我跟在他們後頭一起尋找菜舖子的位址，同時偷偷觀察著，這群來自城市的孩子會以怎樣的方式面對自然？是保持來時車上的興奮？驚奇？或是謹慎中挾帶畏懼？

來花蓮前，我剛讀完美國資深記者理查·洛夫的《失去山林的孩子——

拯救「大自然缺失症」兒童》。長年關注兒童與自然議題的洛夫將活在電子產品環繞下的美國兒童普遍有的過胖、注意力不集中、過動和抑鬱等症狀歸因於可能罹患「大自然缺失症」（Nature-deficit disorder）。儘管一部分的我對又一個新病症被發明出來感到不耐，但洛夫提出的觀察和推論確實極具說服力。倘若人類天性會受大自然吸引、有親生命性的傾向，那麼當孩子的這份天性被剝奪，將對他的成長經驗和未來社會造成什麼樣的影響？他們親近自然的本能需求又是被哪些人剝奪？

在這堂野地木工課的事前提醒中，大王再三強調的多是「不怕」：不要怕大自然裡的泥土小蟲和蚊蟲的叮咬。不怕一點日曬、一點雨淋。不怕一點皮肉小創傷，這些都是在大自然裡必然遇到的，要像動物一樣不怕。也不要怕遠離3C產品，還有更重要的：孩子不怕的，父母更要有心理準備，要一起不怕。

我想起之前帶孩子攀樹的蘇俊郎說，很多時候，當孩子有體驗自然的勇氣，往往是父母親在一旁以各式各樣的擔心恐懼阻撓。大王多次舉辦兒童野地體驗營隊，想必深有所感父母親是影響孩童體驗的重要力量。但到底是「助力」還是「阻力」？一面帶孩子參加自然活動，卻又擔憂孩子進入自然的父母親，自己對自然的態度又是如何呢？

木材是奮力從土地生長出的樹

大王的木工教室就在他的耕地一隅。這片田地坐落在鯉魚山腳下，一旁還有自茬溪分流的小水圳流過，成為孩子進行各種自然體驗的完美場地。教室是大王以木料搭建的工寮，工寮後方有個巨大的麵包窯，不遠的水圳旁，一座三層高、全木搭建的瞭望臺對幾個特別有冒險精神的孩子發出誘惑的訊號。

對我來說，發出巨大誘惑的，是工寮前方那條長桌上的一切——長短不一、樹種不同的樹幹枝條，砂紙、麻繩、美工刀、手鋸，還有各式各樣的木製品：木架、木椅、木槌、萬用立夾……每樣成品看來和原本仍是樹木的模樣相距不遠，沒有過度加工裝飾，就像是到樹林中隨手撿回、隨意製成的生活小用具……這一切，完全是我想像中樹木在人的日常生活中存在的模樣。

「我們在大自然裡學做東西，好處就是你會擁有別人沒有的東西。」開宗明義，大王用孩童也能理解的話語告訴他們，木工到底有何用。「木工呢，一個是做東西給自己用，一個是做成禮物送人。」他舉起一個做成高背椅造型的置物架，問大家願意花多少錢買它？大家支支吾吾半天，身為唯一有現實估價能力的學生，「一千。」我脫口而出，這答案顯然把大王逗樂了，他說：「五百元就賣妳！」

「這是用櫸木做的，這裡到處都有櫸木，多到可以拿去當柴燒，但它其實是很好的木頭，很堅硬，彈性也很好，可以拿它來做很多東西。」他拿起另一根還未加工的櫸木，要大家想想可以做成什麼生活用品？一個站在孩子身後的爸爸正想開口，立即被大王阻止：「大人不准講話，你們的想法已經制式化了！」不知這嚇阻是否讓孩子意識到不必多顧慮，小朋友開始丟出亂七八糟的答案，但最異想天開的還是出自大王自己：「可以用它做成一個掛勾，掛袋子讓小狗躲起來睡覺！」

不過，不管想做什麼，認識原料是首先該了解的。大王把幾根不同的木材傳給孩子們觸摸嗅聞，感覺它們不同的質地，「接下來幾天我們要認三種木頭：櫸木、九芎、光臘樹。」怎麼認呢？九芎的棕色光滑樹身別名「猴不爬」，是最好辨別的，櫸木可以從細緻如鋸齒狀的葉片辨認，光臘樹呢，只要有獨角仙啃過、樹身傷痕累累的堅硬樹幹就是了。

這三種樹材因為堅硬耐用，不濕軟不鬆散而被人視為好木頭，大王帶孩子們到附近的樹木苗圃尋找三種樹，透過一再指認鑑別，孩子們在動手做工前，確實地意識到：木材無論優劣，首先是一株株奮力從土地裡生長出的樹。

大王宣布，接下來三天要完成的木工有三件：繩梯、彈弓、椅子。對孩子來說，前兩者的實用性高於後者，對我則恰恰相反。不過看來大家都不太理解繩梯和彈弓的重要跟好玩，大王於是擺出一條繩梯，要一個總是動來動去的男孩試著爬上去。「這個很好用喔，你架瞭望臺的時候要用它爬高，玩要的時候、媽媽吊盆栽的時候……都用得到，只要有幾根樹枝，學會打繩結就能做。」

至於彈弓呢，「你去河裡玩，看到魚在水面下游，『砰』的一聲射過去，你就獵到一條可以帶回家吃的魚了。」他很得意地告訴孩子們自己打彈弓的能力高強，接著又正色強調「獵手的倫理」：「不能一次打死一百隻魚，也不能打小隻沒長大的，還有沒生過小孩的魚，要讓牠們長大，才是聰明的獵人。」

並不隱瞞人活在自然中也必須獵取其他生物為食的基本道理，但是在獵食之際，仍要保有對生命的尊重和愛惜，大王的自然教育透過實作經驗看似隨性地傳遞給孩子，但經由身體吸收的知識，會比單憑腦袋記憶的還能留下深刻的痕跡。

每天花一個下午學做一件木工，其他時間，大王鼓勵孩子到處玩耍，上瞭望臺遠眺，到溪裡划竹筏，或是在田野中追逐觀察。「帶著你們的彈弓！」不知要打什麼，就掛上一塊鐵片，要大家分組練習打靶，打中的「咚」一聲越多，就可以贏得比賽，最後大人小孩全打上癮，排著長長隊伍，人人都希望自己的準頭一次比一次好……

不是刻意學，是被啟發

「這三天下來，我對做木工有個啟發：只要取得木材，技法不是最難的，關鍵在如何發揮想像力。」最後一天早晨，趁著大王在工寮準備下午製作椅子需要的材料，我和他聊起這些天的學習心得，也想知道他為何開始投身孩童的野地體驗教育。

「木工最難的是知道自己要做什麼。」他一面大口吃早餐，一面收拾工作桌上的木料和工具，「就拿桌子來說好了，它的大小和你的生活方式、誰和你一起生活有關，形狀、裝飾大概只佔木工的二十分，剩下八十分是在這張桌子面對面吃飯，你們吃不吃得下。」他笑說和老婆小孩吃飯的桌子當然要小一點，親近一點，「吃一吃還可以親老婆一下。」家人的餐桌和招待客人的桌子當然不可能一樣。

課堂上他經常提到「設計」二字，但設計面對的不單是木頭，還牽涉到你對生活的想法，對人與人關係的態度。「我的木工課就是給孩子基本能力。」知道材料是什麼，哪裡有材料（大王對小朋友諄諄告誡：颱風過後是做家具木工的好時機，「倒下來的樹木要去撿，不要浪費，懂嗎！」），也能掌握基本的工具使用，再來，就看你的「設計」能發揮到什麼地步了。

「有個來上課的小朋友說：『這裡好像什麼都可以變成什麼。』這就是設計的基本概念，但要把櫸木變成置物架，桂竹變成竹筏，最關鍵的是要發揮想像力，要能自己決定。」大王強調：「這也是自然給人的生活能力。」

做木工，就是花蓮鯉魚山腳的棲居生活要求大王必須具備的能力。「你住在這裡，需要家具，但這裡不是都市，怎麼辦？自己做。這裡沒有特力屋，就想辦法找材料。」舉凡老屋廢墟、鄰居苗圃棄置的倒木枯木，還有山，生活的環境不乏資源，然而要不是掉出都市消費鏈之外，人類通常不會意識到自己和周遭環境有如此緊密的關係。

在臺南鄉間長大的大王，打從有記憶起就開始動手把環境裡的「什麼變成什麼」。「阿嬤每天都在做，你在旁邊自然會跟著摸。」做什麼？鄉下竹子比樹多，只要一把柴刀在手，孩子也能劈開竹子，做成釣竿、弓箭、捕捉小動物的陷阱，還有掃把、茶杯、竹蜻蜓……

「不是刻意去學習，而是被啟發，你從大人身上，從自然環境，可以獲得解決事情的能力。」有了這些生活中自然累積的智慧，「走在路上看到樹枝，不會只是把它踢開或拿去燒，而是想到，欸，這個削一削可以拿回去插在把手斷掉的槌子上。」

擁有在自然裡生活的能力，孩子會相信你

住在能供給一切的城市裡，孩子或許不一定得懂做木工，但，來到大王

的自然教室上課，木工只是一個開端，甚至藉口。「我說上木工其實不全是木工，而是要他們喜歡樹、喜歡山、喜歡大自然。」終歸一句，自然能給人的實在太多，不只資源材料。「孩子應該在自然環境裡長大。在自然裡任何情況都可能發生，所以你的解決能力要強，要有勇氣，要有判斷力。」他以受傷為例，在自然中滑跤、被蚊蟲叮咬是很常見的，用鋸子鋸樹也難免受刀傷，「只要你受過一次傷，你的害怕就會變少。」「大自然會提高你的極限，當你的勇氣變多，你就越有當下決定的能力。」於是，你從一個怕蚊蟲咬傷的人，變成能夠和同伴橫渡野溪的人，這是大自然另一種「什麼變成什麼」的魔術。

我問大王對這一代孩子多患有「大自然缺失症」有何看法？他站起身揮揮手，「那不是一個症啦，沒吃飯肚子餓，給他吃飯就好啦！」

這幾年帶孩童過野地生活，他很少遇到會抗拒自然的小孩，「除非大人在，何況同儕力量是很強的。」當其他孩子爭先恐後跳進小溪裡抓青蛙玩水，即使大人在一旁勸止，還是很難和童稚的玩心與河水帶來的單純快樂匹敵。

「孩子本來就傾向和大自然連結，因為我們是動物，只是多數人忘記自己是動物，而動物本來就在大自然裡生存。」他還建議和孩子相處遭遇困難的家長，「如果想療癒跟孩子的關係，就一起去自然裡做些什麼。當你有在自然裡生活的能力，孩子會相信你。」

幾天下來，看著孩子從生疏到聽從大王號令，在田野間嬉戲奔跑、練彈弓、划竹筏、觀察生態……玩得比孩子開心的大王，自己就是個活生生的孩子王。從推動農作食物共同購買，到野地木工、里山夏令營等體驗教育，「和孩子一起成長」是大王最強的動力。「我搞食物就是因為小孩，現在我孩子八歲了，身體能力很好，喜歡大自然但沒有機會進入，我就帶著他們一起，從開始都是附近的小孩，四個、八個，到二十個。」從現實面來說，自然體驗教學營帶來的營收多於種田或共同購買，大王也哈哈笑道：「他們喜歡大自然，以後夏令營就會繼續來啊！」利用自然所給予的達到自給自足，同時將自然能給予的一切作為社群智慧，一代代傳續下去。

雖然，我內心忍不住浮現困惑：帶著自己親手完成的木工作品和愉快記憶回到都市的孩子，該怎麼面對多數時刻，周遭人們習焉不察地活在一個與自然斷裂、漠視樹木花草和自身關係的環境呢？

在《失去山林的孩子》中，洛夫以這段話回應一位因自己喜愛的樹被砍光，而說出「我生命的一部分也好像隨之死去了」的五年級小女孩：

> 我也漸漸明白：家長、老師、大人、學校，還有文化本身，都在一方面對孩子們說著自然的可貴，但是另一方面，我們知行不一，我們的實際行動和傳遞的訊息都和我們的說法背道而馳。有的時候，我們甚至都不知道我們自己到底在說什麼。

但孩子可是聽得清清楚楚。

後來，我有成為一個和樹一起生活的人嗎？

從我敲打電腦的窗前看出去，小山近稜線處的油桐樹已經開花。前年為一本雜誌撰寫的植物專題，油桐就是我的報導主角。從那之後，每年四、五月，我就會開始留意住家附近的淺山郊山，他們何時進入花季——做我不嚴謹的公民科學物候觀察。

我們這樣算是一起生活嗎？

在我桌上，當時在大王的兒童木工課上完成的櫸木三腳椅，其中一隻腳因年久脫落，整張椅子索性被我倒放過來當盆栽的和室椅。家裡的蝴蝶蘭、白鶴芋、仙人掌都曾當過座上賓。至於繩梯，後來從未被架在哪棵樹上，而是成了吊蘭和百萬心的家。我實在用不上彈弓，除去強力橡皮筋後，那根分岔的光臘樹枝成了某次植物應用課的素材，被改造成毛線編織的複合花器。

我們還是一起生活著，對吧。

水泥盒中的有樹生活

環顧家中與我朝夕相處的一切物件，這些年有意無意在自己能力範圍內漸漸選擇以木料家具取代塑膠等化學合成物，雖然它們之中有許多來自遙遠的國度、我所不認識的樹種。它們被大量種植、幾年後被砍伐製成廉價的板材，再被跨國企業製成容易自行組裝的家具，最後來到我家，每日以原木色澤和淡淡的木頭香氣提醒我：是的，我身為一個人類，即使住在水泥盒子中，我的生活依然和樹緊密地交織相連。

我一直忘不了李後璁、大王、阿美族的巴奈等人展示在我面前的另一種我以為更深刻的共同生活方式，以及後來我繼續因著採訪工作而認識的許多熟稔植物知識及各種應用的手藝人們。我記得來自臺南六重溪部落的大武壠人孫業琪，一面帶我看他放在工作室的掃帚、魚簍、背袋等植物纖維編織器具，一面神情嚴肅地告訴我，這些製品在他眼中並不是工藝作品，而是他跟家人每天使用的生活器物。一旦東西被稱為「工藝」，是不是表示它們已經失去在生活中的實用性，僅能被束之廟堂高閣？

後來，我選擇從城市搬到郊區，每天臨窗就能與群樹相對望的淺山而居。我還沒想清楚自己究竟想要怎樣的生活，願意捨棄多少，來換取更符合我想像「更自然且永續」的、和樹一起的生活。我開始走進山林，學習所謂的登山技能，包括野地生活的基本能力。當看到營地附近有九芎的倒木而且木材又硬又乾，我會非常開心，因為那意味著我們將有非常耐燒的柴薪，一個悠長的故事之夜就能在火光照拂下，燃上一晚。

參

家離樹木這麼近的人

原來，人類的家屋和他們製造的種種生活氣味和場景，也是我心中紹與小森林生態的重要組成。

我從未想過臺北市中心還可能有樹長得這麼野，這麼壯，這麼凶猛。

它們群居在紹興南街和仁愛路一段所包圍的一個老社區，但要是只站在馬路上遠眺，恐怕看不出個所以然——你的目光可能先被社區低矮、破敗、擁擠的屋舍吸引，媒體常為臺灣市容貼的負面標籤瞬間浮上腦海；這時，面向紹興南街的清潔分隊無巧不巧傳出一陣歷史久遠的廢棄物臭味。假若你沒被這些景象和氣味唬住，任意選擇一條巷弄深入，就能撞見一片充滿野性的小森林。我以為，紹興社區裡的樹群，遠比大安森林公園更配得上「森林」二字。

社區老了，樹正茂盛

紹興森林與人類同棲，它們之中大多數是由人類親手栽進土裡，時間最早可溯及一九〇五年。它們從人類居住的平房前院長出，從耕種可食作物的菜園旁竄生，或從成熟的母樹枝葉上脱落，跌入兩片圍牆間的夾縫後奮力掙出一片天。人類總在遷徙和死亡間往復循環，紹興森林卻在這個一萬三千多平方公尺的小社區裡生根壯大，只有它們與土地建立出忠貞的關係。

它們是這裡最生機盎然的族群。雖然我初見時就得知，不久它們也將面臨遷徙或死亡的命運。

十一月初某個早晨，我們在中正紀念堂或自由廣場的大忠門下集合。我們，指的是十多個「觀眾」。負責接待的年輕女孩確認全員到齊後，逐一分發一份文件，上頭除了戲劇表演《空氣人形》的介紹，更多篇幅是關於演出所在地紹興社區正面臨的迫遷問題。

看到「迫遷」和「抗爭」字眼，我一時有點暈眩，擔心稍後要看的是一場激情濃厚的正義展演——這些年，各種正義演出看得實在太多，激情有餘，卻無益於將關心推出同溫層。《空氣人形》的編導莊郁芳是我陌生的，我無從判斷她會提供怎樣的觀賞體驗，而眼前正開展的，是年輕女孩扮演起導覽角色，引領我們認識和中正紀念堂／自由廣場相隔一條信義路的彼岸，是由哪些族群分別構成不同的階級群落。信義路上的高級大廈，居民多是中階以上公教人員，這排華美的大廈很容易造成片面印象，因為一繞過大廈，隔著一條窄窄的巷道，就是外觀彷如雲泥的紹興社區。

女孩引我們從一條更窄的小徑走進社區。小徑原本不窄，堆疊在路旁的回收廢棄物使它逼仄。但比起廢棄物，社區公廁更教我注目。原本有些驚訝，仔細觀照社區房舍後便不難理解，這些房子外部已然狹小，裡頭恐怕是僅容旋身，除了起居，很難有廚房浴廁等一個「家」應有的機能空間。

不過，所有狹小逼仄的印象，在深入社區中央地帶後煥然一變。依舊是矮矮的日式混搭臺式平房，多數砌有圍牆的屋舍看來都已無人居住，但比起廢墟般的老屋，這裡的樹以全然相反的氛圍，茂密、旺盛、鮮活，氣勢渾厚地壓制了破敗和陳舊的氣息。我看得目瞪口呆。這裡的每一棵樹，長得比外頭信義路仁愛路中山南路那些委靡憔悴的行道樹好太多了。

《空氣人形》的女主角想必和我有相似的看法。至少，她和我一樣兀自享受起這裡的林立世界，花朵天堂。戲在不知不覺中開始，一位女演員飾演充氣娃娃，在偷來的白日悠光中，小木偶一樣幻化成人在社區裡漫步顧盼，偶然被一株牆縫鑽出的蕨類吸引。隨著她僵硬的手指輕輕觸碰植物，我們也被她的手放大了對周遭環境的感覺，小木偶一樣重新發現這個被人類使用過度的世界，原來還這麼新。

紹興社區從最早作為臺北帝國大學附屬醫學院的職員宿舍，到國民政府遷臺後成為臺灣大學醫學院教職員宿舍，同時一群低階士兵與外省、本省籍移民陸續遷入，多數在此居留的人，都以為這裡只是過渡的、暫時性的住處，沒料到竟然會五十年、六十年、七十年地待下來，把自己待成另一棵深深扎根、離不了地的樹。

但誰料得到，一紙存證信函就能強迫你斷根；聲明你家是違章建築，你落腳是侵佔土地，你過去在這裡的生活，叫做必須返回的不當得利。你得搬走，還得賠償。

這就是紹興社區居民從二〇一一年起面對被臺灣大學提告的日常，我有點慶幸《空氣人形》並未直涉這議題。當藝術和社會發生關係，並不是如實搬演就能喚醒大家的良知正義、持續關注和行動。但我確實因為這場演出，對紹興社區的小森林有了 fall in love 般的興趣。

協助《空氣人形》製作團隊進入社區，同時以導覽參與演出一部分的「紹興學程」，是由臺大社會所、城鄉所學生所組成的團體。他們得知學校對多位社會弱勢的紹興社區居民提出「拆屋還地、賠償不當得利」的要求，並預備興訟後，隨即展開聲援，從田野調查、社區活動、與校方協商、聯繫救濟管道等分頭並進，也在臉書上成立「紹興學程」粉絲頁，不定期發送社區消息和活動。我因觀賞演出，對紹興社區的人、樹、土地感到好奇而與成員聯絡，已在社區蹲點五年多的他們，立刻熟到不能再熟地告訴我：哪家媽媽植物種得多，哪個阿姨最會認社區老樹，誰家大哥曾撿拾社區果樹結的果做成點心分送大家……

三層樓高的樹葡萄，你猜多少錢？

再度踏入紹興社區時已是春天。還記得演出後不久，我曾來此看樹一、兩次，臺北冬天素有的濕冷，在這裡似乎更顯厚重。經過矮屋成排的巷弄時，由於陽光經年無法直射進屋，自門窗滲出的室內空氣，濕度和冷度感覺較戶外更甚，而生活其間的人類氣息，身體的，食物的，起居用物的……交織成一股複雜的氣味，從門窗縫隙漫漶撲鼻而來。

那氣味不能說是令人愉快的，但它確實喚醒我某些沉積底層的記憶。童年拜訪爺爺和其他外省「老芋仔」各自獨居的矮房子時，房中積久不散的是一種類似的味道。那些小火柴盒一樣散落林口臺地酸紅土壤上的房子裡，住的是以為三、五年就可回鄉的老兵，然而一年復一年地過去，他們沒能離開這個濕冷酸紅的土地，還把自己被時間浸泡到刺鼻的氣味黏附在空間和用物上，終於把這個暫時居所染上自己永久的嗅覺印記。

於是樹的巍峨和常綠，在這裡的重要性更勝其他任何地方。樹在這裡不是妝點，也不是包裝，它們是生命力量的直接展現。在經過一處特別黝暗的巷弄時，我因為視線大減，不得不盡量貼著還有些許天光的矮牆走，偶一抬頭，一株瘦長的木瓜樹，即使在陰霾天色下仍生氣勃勃地輕搖枝葉。

「這裡的木瓜樹怎麼長的，妳知道嗎？」幾個月後，我們站在同一位置仰望同一棵木瓜樹，不同的是，它已開始露出結果的跡象。說話的是朱阿姨，她指著樹身教我辨別木瓜如何在這棵樹的不同區段結果。

「最上面的第一節爆出一顆，接著第二、第三節也會爆一顆，每一節都會生，但是最高的跟第二節會長最多。」這棵樹長在和她家一牆之隔的「寮仔」裡頭，寮仔歸清潔隊所有，從前隊員在這裡休息、養豬，木瓜應也是早期隊員隨手種下。

朱阿姨自己也愛種果樹，特別是稀有品種。她帶我看她種在巷子裡一整排聲勢浩大的盆栽，其中一盆已和她同高。「這算小的了，我有修剪，否則長太高我採不到。」「這是樹葡萄，我種三年了。以前在花市看到一棵有三層樓高，你猜多少錢？」

「三千？」不諳行情的我隨便瞎猜，朱阿姨搖搖頭，「差多囉！差好幾千倍！」她說，那棵花市裡的樹因為長得特別漂亮，其他相似高度的賣到十幾萬，但它賣價二十九萬。二十九萬的樹葡萄，她當然買不起，便買株小苗回家慢慢栽培，邊說，她邊憐愛地摸摸和自己齊肩的樹葡萄葉。

朱阿姨從小就喜歡果樹，在紹興社區住了七十年，她對社區裡有過的果樹如數家珍：紅芭樂、白芭樂、柚子樹、橄欖樹……「芭樂樹有這麼大棵喔！但是（芭樂）長得不密。」她記得以前和鄰居偷摘芭樂，那時家戶之間以竹籬笆分隔，他們取來竹竿，將上半劈開如叉子，去叉斷有果實的枝節，祕訣是「不能等水果太熟才摘，否則水果會從枝上掉下來」。

這些為童年帶來莫大樂趣的果樹多半早就砍掉，倒是仁愛路旁的那棵大芒果樹，從她小時候看就這麼大棵，可見年歲不小。「它結的芒果皮是綠色，肉是黃色，很好吃，以前每年都生芒果，這幾年不知是不是氣候變化，都不生了。」幸好，老芒果還結果的那些年，朱阿姨跟鄰居去樹下撿了好幾顆回家取籽種植，現在小芒果列位朱阿姨盆栽大隊中，她還陸續送出好幾盆，也算為老芒果開枝散葉、延續生命了。

朱阿姨一家就是在紹興社區開枝散葉的。當年父母和其他親友從福建來臺，落腳在紹興社區後，從前在家鄉當人力車夫的父親和親戚繼續組織車隊，在東門國小和現在的Y17（臺北市青少年發展處）等地都設有車站。朱阿姨是六個小孩中的長女，幾乎有記憶起就幫忙分擔家務，從蒸年糕、發糕補貼家用，去西門町撿煤炭燒洗澡水，因而當我問起童年有什麼和樹相關的玩樂，朱阿姨脫口就說：「我對玩沒興趣。」一輩子都是「憨憨地一直做工作」，婚前在當時車站旁馳名的「狀元樓」餐廳，婚後和先生在萬華開小吃店，直到糖尿病、心臟病陸續發作才「退休」。

儘管如此，忙了幾乎一輩子的人怎麼可能退而後休？我連著拜訪朱阿姨幾次，她要不正在招呼寄養的狗（「有鄰居活到一百零四歲，前陣子往生了，他的狗沒人顧，我就說放來我家。」邊說，邊有熱絡街坊不斷前來看狗），要不在旁邊的千歲廟前曝曬豆渣和咖啡粉拌成的有機肥，說是拿來種菜種果樹。

天生天養，一暝大三吋

家就在巷弄轉角樞紐處的她，對社區事務嫻熟也熱心。公園處的人來測量社區樹木，是她協助通報誰家有大樹；之前有導遊帶一對日本夫婦來尋根，也虧得有她，撲空多次的日本人終於進到幼年短暫居住過的房子。

約莫一個月前，朱阿姨看到他們在泰安媽媽幫忙打掃的宿舍門口張望，一問才知道，這對日本老夫婦已來臺四、五次，卻總是不得門而入，只能透過門縫窺看裡頭風景，或是在門口照相留念。朱阿姨連忙請泰安媽媽幫他們開門。

因為沒多問，日人為何在此入住？住了多久？這些故事我們都無從知曉了，朱阿姨也僅告訴我，現在房子是一對退休的老夫婦所有，先生是醫生，太太是護理長還是藥劑師，至於握有房子鑰匙的泰安媽媽，從年輕時就幫醫生夫妻打理家務至今。

宿舍庭院有三棵列管老樹，都是大葉榕。日本人「回家」那天，朱阿姨站在外頭，看見日本婦人站在樹下，眷戀摸著樹身說，是婆婆年輕時親手種的樹呀。

在紹興社區種出大樹的不只日本人。居民都知道，除了林森南路九十九巷那棵粗壯到可當地標的老樟樹，隔壁紹興南街三十二巷的阿秀嬤樟樹也顯著好認，特色在於彎繞不似一般樟樹直挺挺的樹身，還有樹下簇擁成團的曇花陣。

說臺語的阿秀嬤在社區住五十多年了，或許因為年紀大，阿嬤腦中的事件與時間是跳躍的，於是我們從五十幾年前她還在濟南路附近的車票亭賣車票獎券，砰地跳進二十幾年後，她生下最小的兒子家齊，改行當掃馬路的臨時工，然後，砰，樟樹現在三十幾歲了，家齊則是四十三歲。雖然，阿秀嬤交代的人生若要細究疏理成清晰的生命軸線，還有許多偌大空缺待填，但提起樟樹是怎麼大的，阿秀嬤記得清楚。

一開始，不知從哪飄來的樟樹種子，落在阿秀嬤家樓頂的一只盆子裡，自顧自長大。長到半人高時，枝條穩穩扎在盆裡，拉也拉不起來，阿秀嬤便將樹連盆捧下樓來，隨手放在門外土上。後來，阿秀嬤去徐州路掃馬路，徐州路旁成排的大樟樹，落葉掃啊掃總也掃不完，她裝滿一畚箕的葉子帶回家，倒在小樟樹上，說是施肥，竹畚箕蓋在一旁，等到再想起時，畚箕早就爛進土裡，把自己也變成肥料。

「遮趣味。」想到消失的畚箕，阿秀嬤笑得開心，更開心的是沒怎麼費心照料的樟樹，天生天養，竟就一暝大三吋地高壯起來。問阿嬤附近的孩子會不會來爬？阿嬤搖搖頭，卻想起有一年颳大颱風，把這株強壯的樟樹折磨得厲害，「樹肉都予一大塊一大塊拆下來，新芽嘛予壓到賰一、兩枝……」阿秀嬤的臺語讓樟樹頓時長出鮮活肉身，聽她描述強颱如何撕扯樹肉，我也隱隱生疼起來。

樟樹下的曇花，在鄰里中更是享譽盛名。但凡鄰人有感冒的、肺管差的，大概都曾收過阿秀嬤的幾蕊曇花。頭先是女兒用曇花摻蛋煮湯給阿秀嬤喝，看看這花漂亮還能吃，掃路時看見有人在種，她便和人討了分株回家。曇花非常適應阿秀嬸家的環境，轉眼就從兩株長成團團包圍樟樹的一大片，一次開花可採收上百朵，要是知道有人咳嗽感冒長久不癒，阿秀嬸就給送幾朵過去，吩咐連同冰糖燉煮後服下。

提起這些陪伴自己幾十年的植物，原本下肢腫脹疼痛的阿秀嬸輕易就笑咧嘴。坐在樟樹下說樟樹，忽地一陣春風吹來，樟葉在阿秀嬸髮上面上搖出一片光影。阿嬤再度時空跳躍，說起當年中正紀念堂還未蓋時，好多阿兵哥駐紮在那裡，但馬路好大條，去運動多方便。又說，再過一個月樟樹就要發新芽了，到時候看來更漂亮。

一個中年男人經過，聽見我們說樹，硬生生插進一句：「樟樹很容易掉葉子吶，蚊子怕樟樹，不會飛過來。」阿秀嬸點頭說是，樟樹葉子殺蚊子。

芒果十二月結實，鳳凰花九月開

要不是那紙寄給社區五百位居民的存證信函，田素義大哥也許還過著雖住在社區、卻與社區疏離的生活，更別提和小時候常玩耍的樹木重拾感情。

住了四十多年的地方，說疏離，其實是現代人的慣性。「說實話，從前就是早上出門晚上進門，碰到左右鄰居，住久了總是看過，但頂多就是點個頭，這幾年因為臺大拆遷的事情，參加（紹興社區權益）促進會，也才跟大家比較認識，有些過去沒做過的事情、活動。」例如讓學程成員津津樂道的芒果青，就是田素義在社區活動獻出的處女作。

芒果青的原料，是林森南路三十二巷口的芒果樹。這株比仁愛路上的百年大芒果年輕，品種也不同，是外型較小、口感較酸澀的土芒果，但用來醃漬芒果青恰能成就絕佳酸甜味。這是田大哥的童年滋味嗎？我問。「不是，我們小時候不這樣吃的，而且芒果樹那裡不是我們活動的區域。」社區說大不大，對孩童來說卻是整個世界，從前家戶人口多，小朋友也像動物一樣劃分地盤，三十二巷對住在三十八巷的田大哥來說，儼然另一個國度。

所以，要不是社區裡一位薛大哥有次撿了芒果要他嚐嚐，田大哥恐怕不會知道社區裡的芒果口感真不錯，也不會清楚意識到，除了人會一夕面臨無家可回的劇變，芒果樹也會因外在氣候的異變，到十二月才結成本該在夏天結的果。

田大哥招認，大家叫好的芒果青，其實是他照著網路配方做的。因為前幾次促進會做洛神花茶、醃蒜頭小黃瓜他都沒跟上，自覺應該也做點吃的分送大家，就上網找了做法依樣畫葫蘆。我請他教我做，他隨即有條不紊逐個步驟細講給我：

首先是要挑芒果。不能挑太熟的，要挑小朋友芒果，我看看那棵樹的狀況，最後選長到六分大的比較適合。

摘下芒果後洗一洗，洗完削皮，然後切對半，挖掉裡頭的籽。太熟的芒果籽會變硬，會很難切，手都會切痛喔……

把芒果切片，接著先用鹽醃過，醃大約半小時到四十分鐘後，用開水或礦泉水洗掉鹽，然後把水分瀝乾，這叫「去青」。完成去青這道程序後就可以開始醃漬。

醃漬方式就是加適量的糖，白糖或二砂都可，我還會放一些梅子粉，這樣吃起來層次會不同，比較回甘。弄好後放冰箱靜置個幾天就可以吃了。

和社區裡的人跟樹交集漸多，田大哥也注意到，從小「我看著它長大、它看著我長大」的那棵鳳凰木，以前確實都在畢業時節開滿一樹火紅，這幾年卻要等到九、十月才開花。至於仁愛路菜園那頭，他最近才發現有棵楊桃樹，「但肯定是酸的，看起來就不好吃。」三十六巷公廁旁的桑樹倒是還會結桑椹的，但那棵樹連結的回憶不是吃，而是女兒讀小學時，他幫忙摘桑葉給女兒養的蠶寶寶吃。

我問田大哥，現階段的協商已進行到都更後，社區居民將被安置到中繼住宅，未來也可返回、續租新建住宅，他是否想過，改建後，這些樹木會怎麼樣？

「我想他們應該會做最妥善的處置吧。」他沉吟片刻後回答。

萬一要砍掉這些樹呢？

「那真的太可惜。」他又沉思了一會，「不過用另一個角度看的話，建設一個地方勢必要有所捨才有所得吧。只是要捨的話，能不能有最好的方法，例如移植啊，看要移到哪個區塊，但不影響這片基地的開發，畢竟說實在，這些樹都好幾十年，從我有記憶以來就在了。」

他記憶裡的另一群樹跟著竄出來。很久以前，他記得信義路還未拓寬時，從二段一直到過杭州南路，馬路兩旁好多大樹，「好像都是茄苳。」路拓寬後，說是把樹通通移走了，「但它們移到哪裡去了？是大度路嗎？」

我不知道。但，田大哥的問題讓我想起了《麥田捕手》裡荷頓一直在問的：「中央公園的湖水結冰後，鴨子都到哪裡去了？」

沒人回答他這看似微不足道的問題。荷頓把這問題擱在心裡，沒忘。

經過離紹興社區不遠的華光社區時，對著眼前空曠的草地，我也忍不住想問：它們到哪裡去了？

這個在二〇一二到一三年間多次登上媒體的社區，位在中正紀念堂／自由廣場近大孝門這一側。紹興社區到華光社區之間，只隔著杭州南路和信義路不到十五分鐘的步程。從許多層面來看，華光都像是紹興的一面前車之鑑。兩者都是二戰後國民政府遷臺時，為安置公務人員而讓他們住進日本人屋舍，隨後城鄉移民也逐漸遷入，形成公家宿舍與合法違建混合而成的社區。說合法，是因為住戶會繳納水電費、領有門牌，形同政府間接承認他們的居住事實。然而，隨著都市更新和土地開發的需求，這些居民從被安置的對象或在合法違建中棲身的族群，變成竊據國有土地、獲取不當利益的被告人。人類如此，和他們一同棲身於此的樹，理所當然也是「竊據」土地的一份子，畢竟它們連門牌都沒有。

這些樹也許比我還無助

華光社區事件最烈時，我雖關注卻沒有投入，儘管當時我上班的所在和華光僅有咫尺；若我步行回家，從愛國東路轉進金華街的這條捷徑，根本就緊貼華光社區待拆遷的街角老屋。我記得步行上下班路上，不時有老人在路邊攤出一地舊貨家電變賣，他們身後的磚砌平房像是填空遊戲的相反，每隔幾日就有一片空地讓出來。起初空地上還滿是磚塊水泥斷片，摻雜沒帶走的衣服拖鞋小板凳，漸漸越來越乾淨，而變賣舊貨的老人們也不知不覺消失了身影。直到有一天，一切都不見了，只剩下一整片空曠的土地和幾棵大樹，孤拎拎地各據一方。

有幾次加班後的夜晚，滿懷心事走路回家時，我會不自覺地被空地上的樹吸引過去。在那個人車稀少的時刻，照理我該害怕，但不知為什麼，我總感覺這些孤單的樹比我還無助。我會摸摸它們，就像拍拍同袍的肩膀。但局勢不好，除了提供短暫的慰藉，好像也不能多說什麼。

於是兩、三年後，當我為紹興社區裡的每一棵壯闊大樹驚豔時，便不能不想起華光那些伶仃憂愁的大樹。這不是過度的想像，在華光舊址的樹，葉片凋落嚴重，枝條也多枯黃，無論如何不是健康的樹。

透過紹興學程協助，我聯絡上一位曾在華光社區協助居民申請樹木保護的張小姐。我想知道，華光社區的樹是怎麼保下來的？而好不容易保留下來的樹，為什麼卻沒法活得有生機、有活力？

「拆房子的時候，很多原地保留的樹都折損、受傷了。」張小姐嘆了一口氣，「樹很脆弱，光是挖土機的履帶經過樹穴附近就會帶來擾動，甚至壓死它。剛開始看起來沒事，但一個月後，整棵樹變成咖啡色，莊嚴地死在原地。」

事隔已近兩年，因為工作地點就在附近，張小姐仍時常過去探望華光樹，說是追蹤訪視也無不可。然而每次經過，心裡難免流淚，甚至淌血。「樹蘭都枯枯的，枇杷樹也死掉了，那可是居民小時候爬上去摘過枇杷的……」她歸納原因，多是工程擾動的結果，有些則是被颱風吹倒，但從前不會一吹就倒的樹之所以變得這麼脆弱，是因房子拆掉後，空氣的流向和風阻不同，沒有妥善修剪；而腳下扎根的植生地，也在人為不當介入下，讓樹木失去了原本穩固的抓地力。

張小姐氣憤填膺地數落國家法條的荒謬，由於華光土地屬於國產署大型公有土地，在尚未開發前「依法不得雜草叢生或亂丟垃圾」，所以請園藝公司定期維護。「園藝公司很『假勢』，在土壤上鋪新草皮，看起來一片綠油油，對樹卻造成三度傷害。」

先是拆屋時大型機具四處輾壓，造成表土劇烈擾動。其二，拆屋後許多廢棄磚屑就地掩埋，業者從他處載運廢土回填，一填就是四、五十公分。「一棵樹要能呼吸，土層最多就是四、五十公分，很多樹木因此悶死，好不容易苟延殘喘活下的，又遇到加鋪草皮，妳說糟不糟糕？」

張小姐不是沒爭過。去請文化局鏟走填土草皮，但那是國產署的地，就算文化局想管也莫可奈何。國產署的回應是：已依規定委託園藝公司維護管理。這回答讓張小姐想哭。多次去現場看園藝公司施作，看見的是修剪維護樹木的人若非外勞就是打零工的阿公阿嬤，甚至碰過老闆帶學徒上陣，而那位學徒是個智能不足的年輕人。因為發包工程採最低標而非最有利標，包商能找到的人力有限，「夏天修樹修到一身大汗，一整天下來日薪可能才兩千元，哪有人要做？」

更何況，樹就算死了又怎樣？沒列管受保護的樹木不提，即使是受保樹死亡，負責單位需付的賠償金頂多一棵十萬。

唯有它能指向家曾在何處

當初，面對公民團體提出「華光社區開發案應避免生態擾動、樹木保留」的陳情要求，臺北市政府的回應意見是：「本案計畫區內受保護樹木計有四十九株，非受保護樹木有四百七十一株……受保護樹木應依臺北市樹木保護自治條例相關規定辦理。將妥善保護區內樹木，減少生態擾動。」但事實是，政府無法做到妥善保護。

張小姐將一本厚厚的華光護樹資料夾攤開來，讓我看看社區曾有的繁盛樹況：杭州南路這頭的北面，有玉蘭、茄苳、芒果、芭樂、樹蘭、桂花、稜果榕、樟樹、竹柏、水柳、蒲葵等樹，被稱為「桃花巷」的杭州南路二段五十五巷，除了當家的桃樹，還有雞蛋花、枇杷、樟、榕、橘子樹。金華街和金山南路這頭，則有龍眼、桑樹、朴樹、椰子樹、柿子樹、臺灣海桐、印度橡膠、香椿、九芎，以及一棵陳爺爺種的「華光梅」。

這棵梅樹之於整個社區和張小姐都有特殊意義。一九九三年左右，住在五十九巷的陳基財爺爺隨手將吃完的梅核扔在門口，沒想到落在水溝邊的小梅果爭氣，硬是長成一層樓高的大梅樹，每年十二月的滿樹梅花，不只街坊鄰居愛看，還曾有親友從南部遠道北上賞花。

張小姐最初正是因梅樹而踏進華光社區。「每年梅樹開花我都來拍，拍了七年。」她形容，每當一樹梅花綻放，「整個社區就像只有她一個人在那裡，雖然孤立，卻歡迎大家和她一起。」所以每年十二月下旬花期將至時，張小姐下班經過總要來探視，忙不迭地拍一堆照片分享親友，吆喝大家快來賞花。

「所以真的很不捨，已經在這裡活了幾十年的它們，難道就得這樣結束？」她也回想起，許多果樹都是種在居民家的院子裡，當房子被拆掉後，唯有樹能指向家曾在何處。「有些居民沒法直視這個，會流淚的。但對我來說，樹是我唯一可以辨識這裡的標記，我只能靠著樹，記住這裡從前是陳爺爺的家。」

說到感情深厚的梅樹時，張小姐原本冷靜的口吻也變得略微激動。「今年開花是有史以來最少的一年。一般花謝之後會開始長葉子，但今年很慢，我很害怕再這樣下去它的體力會變怎樣……就像人會得癌症，樹的各方面都不好時，很容易受外在侵襲，比如褐根病，或是鳥類帶來的病菌造成感染或衰退。」

為了緩解她的情緒，我稍微移轉話題，問她怎麼累積這麼豐富的樹木知識和經驗？「去現場會勘時會遇到很多專業人士或研究者，就會問他們問題，平常也會跟樹保組織的夥伴討論交流。其實，一棵健康的樹需要的環境很單純，是人把問題複雜化。」

她從事的工作和樹木或自然都沒有直接關係。張小姐形容自己是個「小小上班族」，從小生長在全然都市化的環境，「沒體驗過紗窗吹進來的自然風」，既不懂熱島效應、生態跳島等名詞，也從不覺得自己是地球公民或天地萬物的一份子。直到朋友找她協助處理臺北客家文化主題公園的移樹爭議，她才開始學習城市近郊的自然生態觀察，也才意識到，人和樹、鳥、所有動植物基本上沒什麼不同，只是長得不一樣。就像描述漢生病患者的電影《戀戀銅鑼燒》中因病與世隔絕的老奶奶所說，樹就像朋友一樣，當葉子輕搖，「就是在跟你揮手問好」。

二〇一三年她開始參與華光社區護樹與文化資產行動，坦言起初有護樹意識的當地居民並不多，就像種梅樹的陳爺爺，一度也想把樹賣掉，後來社區居民與張小姐跟陳爺爺說很多人在乎這棵樹，大家願意幫爺爺申請臺北市樹木保護。當時保留運動兵分多路，有的訴諸居住權，有的從文資著手，張小姐在內的樹保小組大約五人，從舉辦生態導覽、自然觀察、發布訊息、辦記者會、參與樹保審查會議……全部包辦。

請不要弄傷樹

她不諱言，樹與環保是爭取城市中產階級關注華光的踏腳石，但從城市生態的角度來看，華光位在中正紀念堂／自由廣場、植物園、大安森林公園所構成的生態跳島區域內，可說是重要樞紐。因此，當時華光護樹志工隊提出的保留項目，並非單一樹木，而是將已形成豐富林相、共生環境的群體樹林完整保留。

但這個「城市群體樹林」的概念，從廣慈博愛院、松菸大巨蛋、客家文化主題公園一路到華光社區，公民護樹團體的倡議從未成功。「文化局很怕開先例，他們一直宣稱這不是樹林。」張小姐分析，一旦群體樹林受保護，文化局首要面對的就是維護管理問題。由於委辦單位人力有限，即使是單棵樹木也無法妥善照顧，要開放民間認養又有太多法規問題需解決，保留一片完整的生態林地，竟成為城市治理機構不能負擔之重。

既然無法全部保留，退而求其次爭取列管受保護樹木，也遇到不少麻煩。依據《臺北市樹木保護自治條例》定義，一棵樹要受保護，需要符合以下條件：一、樹胸高直徑〇．八公尺以上者。二、樹胸圍二．五公尺以上者。三、樹高十五公尺以上者。四、樹齡五十年以上者。五、珍稀或具生態、生物、地理及區域人文歷史、文化代表性之樹木，包括群體樹林、綠籬、蔓藤等，並經主管機關認定者。

但最後一項的文化意義太難量化，極難成為審核內容。提出社區有許多樹是日治時期種的，又被要求「提出衛星空照圖證明」。「那時真的很想翻桌，我們年輕人是還好有電腦網路能力，阿公阿嬤是要怎麼找衛星空照圖啦？」

這是許多社會弱勢遇到權益受損時，無法伸張自己權利的常見理由，對公共事務的認識不足，也欠缺相應的知識或技術工具。更何況，當關注的焦點是樹木，「居民光是找房子、擔心明天要住哪都煩惱不完了，怎麼會有時間管這些？」

要空照圖？張小姐去位在潮州街的林務局臺北工作站調高解析照片，一張兩百元，定位時間、地點、輸出範圍後，列印出來跟現在地圖套疊，以此證明樹存在的年分。同時，她也和居民進行具名訪調，搭配空照圖，人圖為證，最後爭取華光四十九棵樹木成為受保樹，其中包括高度、胸徑都未達標準，卻足為區域人文重要標的的芒果樹和梅樹。

「長達八個月我睡在客廳，所有文件放在沙發椅頭，早上一醒來就跟市議員、文化局溝通，要不就是聯絡記者，甚至今天開樹保記者會，後天開文資記者會，每天都有事。」等到現場開始拆遷整地工程，張小姐每天上班前繞去現場「監工」，「拿著公文給他們看，直接跟開怪手的人拜託，請他不要弄傷樹，弄傷的話要罰錢。」

然而就算拚足了命，一年後仍要面對兩百多棵留下的樹多已死亡，剩下的則苟延殘喘的現實。談話中一度眼眶泛紅的張小姐，最後也僅翻閱著資料夾裡年復一年拍下的梅花盛景，淡淡地說：「現在比較能面對天地萬物該生該滅的事實了。」

如果華光的矜貴梅樹都只能得到倖存原地的下場，我該如何想像那群我私自命名為「紹興小森林」的樹群？

後來，當中央公園的湖水結冰，鴨子都到哪裡去了？

我變得不太敢想這個問題。直到在熱門韓劇《非常律師禹英隅》中，看到那棵五百歲的朴樹。

當一行人從首爾來到昭德洞，親眼見到這棵被視為「昭德洞天然紀念物」、卻面臨被政府砍除命運的朴樹迎風搖曳時，瞬間都理解了為什麼昭德洞居民願意傾力以卵擊石，爭取村落和朴樹保留原貌。鏡頭下的朴樹寧靜中蘊藉一股靈光，朝空中寬廣伸展的枝葉，像要把天光通通盈懷納入，轉成人類能夠擷取的能量。

就在那一刻，我想起了紹興南村的小森林，以及那些慷慨和我分享樹木回憶的居民們。後來，他們都到哪裡去了？

不願降伏的軀幹

重返紹興南村那日，仁愛路轉進紹興南街的路口封了起來，幾輛工程車停在馬路中間，工人們在一旁休息用餐。一走進街道，就看到連續的一道道工程圍籬內，盡是空蕩蕩的泥土地。裡頭偶有幾棵散落的樹，有些身裹稻稈，大概是拆除房舍時為他們披上的防護裝備。

那些曾和它們比鄰相依的人類房舍都消失了，空地上的它們三三兩兩，距離我當時的森林印象已經遙遠。原來，我心中的紹興小森林，不只是種類多樣的喬木灌木草本植物和仰賴它們生存的動物昆蟲，人類的家屋和他們製造的種種生活氣味及場景，也是這座森林生態的重要組成。

四顧茫茫之際，我先認出林森南路三十二巷的那棵老芒果樹。幸虧它還在，像漆黑夜空中斗然升起的天狼星，讓我能夠識別方位。有了標記，我鼓起勇氣走進巷子，經過那棵我還認得的鳳凰木，以及幾棵已垂頭喪氣、長勢頹靡的九芎跟榕樹，很快我就看見了以前作為社區樞紐的千歲廟玉衡宮。

玉衡宮外的電視機正放送著喧嘩的新聞節目，但廟裡廟外杳無人跡，從這裡輻輳向四面八方的房子都不見了。我連忙走向廟後朱阿姨的家。我曾在她家門口幫她和親手照料的果樹們拍下好幾張合照，現在綠色圍籬外放著幾盆奄奄一息的植物，圍籬內一片空曠。盆栽上貼了一張斑駁的公告，我趨近細看，上頭寫著：「本區為即將進場施工之區域，敬請內有住戶之住戶，近期內請將房屋內之物品遷移……」

朱阿姨，妳好嗎？

一轉頭，我忽然看見朱阿姨家對門大約不屬於拆遷戶的一棟房屋門口，一棵超過兩公尺高的樹盆栽底下，落了一地黑溜溜的果實——是樹葡萄。這是當年和朱阿姨齊肩、她一心一意想種到三層樓高的那棵嗎？

更多記憶隨著這些樹湧出。我繼續憑記憶往阿秀嬷家走去，但那四周同樣架起圍籬，無法靠近。我拚命張望，直到看見那棵特別彎曲的樟樹從一片斷垣中探出大半身子。

樟樹的軀幹比上次見面時更彎，像是快被折腰倒地卻心有不甘，硬把身體橫拉在半空中不願降伏。我繞到另一面視野較佳的圍籬外，確認了那就是阿秀嬷的樟樹。底下當然早沒了曇花。一棵不知從哪裡移植過來的樹，被支架撐在樟樹旁，因受錯誤修剪而大量岔出求生的枝條布滿它身上。然而，枝條上空無一物，能幫它取得一點陽光和水分行光合作用的葉子絲毫不存。

看來這裡是重蹈華光群樹的覆轍了。我看著幾隻紅鳩跟麻雀在地上轉悠跳躍，趕緊拿起手機拍攝一隻離我僅一臂之遙的小麻雀。據說，牠們也逐漸絕跡於鄉鎮和城市。我抱著拍攝瀕危物種的心情，尾隨牠一路輕靈蹦跳，最後飛向樹梢，消失了身影。

故事，為自己而說

後來，我從網路查到紹興南村和華光社區的近況報導：紹興南村的居民們，在我訪問後隔年就陸續搬到南港中繼國宅暫時安置，原本預計二〇二一年公辦都更完成後，居民們就能回到原址，向臺大承租安置住宅。然而，疫情延宕加上無人願意投資臺大的紹興南街基地再生計畫，歷經四度流標後，直到二〇二二年十一月終於與營建團隊簽署合約。對外發布的新聞稿特別提到：「出資人團隊因基地富有豐富樹木資源，爰以森林中的住宅發想，規劃興建垂直綠化住宅大樓，承諾回植既有樹木，取得智慧建築銀級標章，並響應零碳排政策目標，興建採用環保減碳新工法並結合ＢＩＭ模型之設施維護管理系統……」

回植既有樹木，多半意味著先移植，後回植。我想到白天時看到那些倖存原地的樹木們，再想到張小姐當時說的話……

在一篇二〇二二年底刊出的《報導者》專題[1]中，記者和幾位前華光社區的居民一同走訪如今開發為「榕錦時光生活園區」的華光舊址，回溯在臺灣迫遷史上扮演重要轉捩點的這段經歷。「榕錦時光」得名於園區內留存的十棵受保護老樹（記得嗎？張小姐參與華光護樹當時的受保護樹木，在臺北市政府紀錄中本有四十九株），如今也是這座以京都體驗為訴求的園區的一大亮點。

專題中的幾個居民都不約而同提到從前生活在此時，冬夜的樂趣之一是生火、煮酒、品玉蘭、桂花、七里香的花香；也有人提到，自己家上方就有一棵樹，當樹葉落滿屋頂還長出藤蔓，自成低調奢華的景觀……但這些與樹共生的美好時光，早隨政府的不當強制迫遷拆屋而成煙塵。如今，商業園區的訴求也是與樹共生，營運團隊且提議徵集這些前華光居民的生活記憶，「來

1 這篇報導名為〈沒有我們辛苦抗爭，後人也沒景點打卡——在華光社區和榕錦園區之間，那些被空白的聲音〉：https://www.twreporter.org/a/huakuang-community-become-rongjin-gorgeous-time，網頁擷取日期：二〇二三年九月三十日。

園區說故事給大家聽」。

我為這說法感到難堪。華光的經驗是政府不當迫遷，居民或流離失所，或境遇自此急轉直下，有些家庭因此破敗衰亡，眼見自家被開發成商機無限的生活園區，還要貢獻自己的故事為園區妝點……

但也因為前有華光反迫遷的慘烈，之後的紹興南村居民一開始雖受臺大不當對待，隨後在臺大學生抗議學校舉措並介入協力下，有了較能樂觀期待的後續方案。我試著想像：待他們回到故地重住，將不無自豪地與來訪者訴說這一路以來的經歷，接著帶人們到芒果樹下摘採六分熟的青芒果，一邊製作芒果青，一邊回憶村落裡曾有和仍在的老樹們與人類共譜的故事……

我祈求，他們的故事是為自己而說。為了自己和樹竟能再度同棲、同成為一個生態而說。

肆

在蘭嶼種樹的人

當一個蘭嶼男人說「上山走一走」，意思或許有點接近「巡田水」，是為了檢視樹木的生長狀況。

一大張藍白防水布平整攤在地上，幾個少年輪番搬來大包大包的園藝用土，將它們傾倒在防水布上。

「我們今天幫琉球暗羅換盆，要用這些培養土製作介質，比例是三份泥碳土混一份椰纖土，這樣明白嗎？」青年邊說邊指導大家七手八腳地混合兩種不同介質。穿著墨綠卡其色制服的他，左臂一片葉狀袖章斗大字樣：「國家植物園方舟計畫」。

你要好好長大

等地上逐漸高起一座小土丘，這些少年少女起身，到一旁的高架苗床抱起各自的六吋盆小樹苗，迫不及待幫它們遷進更大的新居。

「等一下！記得要先跟琉球暗羅說你們要幫它搬家喔！我們用三十秒跟它們說話。」一身藍底小碎花洋裝的陳淑貞老師，雙手叉著腰，朗聲提醒現場十幾個國中一年級的學生。少年少女登時發出一片嗡嗡聲，對著懷中樹苗唸唸有詞。

我湊近其中一個剛才倒土倒得特別勤快的高個少年，他正板著臉告誡自己的盆栽：「你要好好長大，不然我就不幫你澆水。」

「你幹嘛威脅你的小樹？」

「人要有痛苦和壓力才會成長啊，所以我不幫他澆水。」少年煞有其事地回答。我忍不住開玩笑嗆他：「你是偷懶不想澆水吧！」他也笑了。

當這群十二、三歲的孩子蹲在地上幫樹苗進行換盆工作時，除了陳淑貞老師四處察看，給予指導，「國家植物園方舟計畫」的工作人員張名宗（學生們叫他「阿宗哥哥」）和平日負責維護管理這間校園溫室的園丁王瑞芳，也不時穿梭在學生當中，提醒他們換盆需要注意的程序和細節。

在這間蘭嶼高中校園深處的網室苗圃裡，看著被學生悉心照顧、長到三十公分高的琉球暗羅在日光下渾圓柔美，光澤透亮，葉脈對稱分明，讓過去從未見過它的我頗感驚豔而拍了一堆照片。

環顧網室，除了學生在自然課種植的琉球暗羅外，高架苗床也擺放其他種類的植物小苗：以葉插繁殖的蘭嶼秋海棠，冒出了一點點新芽；地上成堆的大葉山欖種子，或許等待下一批學生播進盆中；在育苗袋排列成行的蘄艾小苗，在日光下顯得頭角崢嶸；還有更多我叫不出名字的物種，阿宗和瑞芳大哥正逐一檢查長勢。

後來小貞老師告訴我，去年的國一生是第一群進網室種植物的孩子，當時種的是琉球暗羅和蘭嶼野茉莉。大概因為名字相對熟悉，學生紛紛搶種蘭嶼野茉莉，沒搶到的人索性也把自己的琉球暗羅取名叫「茉莉」……可惜後來放暑假，當時學校還未聘請園丁協助維護苗圃，等學生放完假回網室一看，植物多半缺水枯萎了。

少年 Lavi

這天自然課結束後，我和幾個對種植特別感興趣或頗有架勢的學生相約放學後聊天，包括那個威脅不給樹苗澆水的少年 Lavi。據小貞老師說，他們家的孩子很有「傳統智慧」，因為從小家裡長輩都會帶孩子到山上、到海邊，學習各種關於自然與生活的知識。

Lavi 來的時候臉色有點灰暗，聽說剛被另一科老師責備在上課時睡覺。我問他還好嗎？

「無聊的課我就睡覺啊，」他坐下來，沒精打采說道：「自己的文化都快消失了，還要上別的東西……」

但我看你早上自然課就上得不錯？

「因為可以種植物啊，身體在動，就不會想睡。」

我聽老師說，你從小就跟阿公一起學習自然的事情，可以請你分享一些你學習傳統文化的經驗嗎？Lavi 點頭，告訴我他在這座島上，作為一位蘭嶼人生活至今的一部分經驗：

我家住東清部落，家裡有三個小孩，我上面有兩個哥哥，我是第三，最小的。小時候沒有3C產品（爸媽到我五、六年級才買手機給我），我無聊就會跟著阿公阿嬤一起去山上玩、去芋頭田除草、或跟阿公去海邊釣魚。

跟阿公釣魚時，他先教我怎麼綁線、綁魚鉤。後來二哥也會讓我跟他們一起去釣魚，學習怎麼看風向、怎麼釣。每個季節釣的魚都不一樣。我們釣魚也需要看主耶穌，因為不能預知之後會發生什麼事。

以前我都看心情隨便釣，現在要釣到一隻魚很困難，因為港口的船越來越多，而且很多汽油。很多人會來蘭嶼潛水，所以有很大批的船進來，港口的水裡都是汽油的彩虹顏色，很臭。那個港口是我小學一、二年級蓋的，但後來我都不敢去那裡游泳、釣魚，要去離港口遠一點的地方釣。

阿公也會教我認植物，認可以做拼板舟的樹。蘭嶼人從小就要種那些樹，長大後才可以造船。做拼板舟需要很多的樹，像是龍骨和最底下的船板，木頭要很硬、很結實，因為推船下水的時候會跟石頭碰撞。我因為很久沒上山，都忘記他們是哪一種樹了。現在也很少釣魚，因為來學校讀書要住宿。

學校有一些戶外課，會帶我們去潮間帶找螃蟹、找海鮮。但我想要學更多傳統知識，也想學做魚網。祖先用（這些知識）那麼多年，我們幾十年就遺忘。我們生出來就抱著手機電腦，大人也用中文跟我們講話，不用母語，所以現在小朋友幾乎都不會講母語了。

二〇二〇年六月中旬，震懾全世界超過半年的新冠疫情好不容易出現一絲緩和跡象。雖然國與國之間通行仍受限，困居臺灣的人們早耐不住無法旅行的煎熬，觀光的足跡不僅遍及島內各處，也湧向離島。在這波「報復性旅遊」的浪潮中，我首度啟程前往蘭嶼。這一趟，為的不是觀光旅行，而是出差採訪。

方舟計畫

前一年，我剛走訪臺灣的六座國家植物園：北部的臺北和福山植物園、中部的四湖海岸植物園、嘉義樹木園與蓮華池藥用植物園，以及島嶼最南邊的恆春熱帶植物園。參訪理由是林業試驗所[1]啟動四年為期的「國家植物園方舟計畫」，一個由六座國家植物園和其他公家、民間機構攜手合作的瀕危原生植物域外保種計畫。這項大型計畫的目標，是針對臺灣現有的九百八十九種受威脅原生植物進行移地保育。將近一千種原生植物的生存之所以受到威脅，原因從族群數量稀少、氣候變遷、原棲地分布受限或遭人為破壞、人類過度採集……不一而足，身為國際植物園保育聯盟（BGCI）的一員，臺灣過去在植物移地保育的成果卻低於全球平均比例，「方舟計畫」[2]是舉國之力急起直追、實踐生物多樣性和永續性的一聲號角。

因著「方舟計畫」的系列採訪，我認識了林試所植物園組[3]的組長董景生。人稱「董組長」或「董老師」的他本行是蟲癭研究者，從昆蟲界跨到植物界管理六座國家植物園，「跨足」事蹟不僅止於此，從民族植物、食農文化、藝術、出版……他的廣泛胃納也反映在這些年臺北植物園舉辦的眾多跨界活動和事件中。每每和董景生聊天，話題往往在不同領域之間擺盪、跳躍，且跨幅極大。我總戲稱他是「超展開」科學家，卻也因此獲得不少新知和樂趣，甚至激發出許多採寫主題和想像。

到蘭嶼，更具體地說是「到蘭嶼高中」，就是董景生的提議。和方舟計畫簽署合作協議的機構不少，蘭嶼高中是其中最特別的一個。林試所和蘭嶼

1 林業試驗所是臺灣最大的森林研究單位，原本隸屬於行政院農業委員會，二〇二三年八月一日隨農委會升格農業部而改稱「農業部林業試驗所」。

2 「國家植物園方舟計畫」以四年為一期，自二〇一九年啟動至今邁入第二期，成果反映在二〇二二年的臺灣瀕危植物域外保種率由二二％提升到六五％，逼近全球目標七五％。

3 隨二〇二三年八月農業部升格，林試所同時進行內部組織改造，植物園組目前已與集水經營組整併為森林生態組。

高中的合作方式，是由林試所協助這間蘭嶼唯一的六年一貫制中學建構一座「校園植物園」，進行蘭嶼當地的瀕危植物移地保育，同時也配合改制為「達悟民族教育實驗學校」的蘭中，將達悟傳統常見的民族植物種進學校，讓師生能在校園進行一系列民族教育課程。

是蘭嶼本身、達悟人和他們的植物文化，抑或這個保育結合教育的嘗試觸動曾是師範逃兵的我呢？總之，在聽到董景生的描述後，我幾乎不假思索便同意和林試所植物園組的同仁一起前往蘭嶼，參與、採訪他們的工作內容，並在他的殷殷囑咐下搶先預定了臺東飛往蘭嶼的航班機票，哪怕我連要去蘭嶼參與什麼都還不知道。

不只是在校園裡種樹

結束和 Lavi 的談話後，我們一起步出教室。這天是週五，住宿生可以返家，Lavi的爸爸開車接他回東清，我慢慢走到學務處前面的草地上，在那裡，一群成年人隨意席地而坐，你一言我一語地進行熱切討論。

我還在消化這一整天從網室自然課到剛才與Lavi的對話。顯然，原本「我只是來採訪蘭嶼高中學生種樹保育的故事」這設想太過簡單了。前一天抵達蘭嶼，我在一片兵荒馬亂中得知接下來幾天的行程：由於路途遙遠，加上這次能來的研究人員和植物園園丁人數夠多，林試所和蘭嶼高中老師採取分頭並進的方式，要在短短幾天內完成眾多任務：檢視校園溫室（網室苗圃）運作和保種植物栽培情況、盤點校園內所有植物、舉辦教師研習講座與工作坊、琉球暗羅棲地設置樣區進行基礎調查，還要跟學校老師一起到部落拜訪耆老，進行民族植物傳統運用和家族森林經營管理的訪談……

我試著梳理這些活動和「在校園教學生種樹」之間的關係，頓覺一陣腦熱頭脹。Lavi走進教室時那張因為被老師責罵而陰鬱的臉，和他吐露的話語也如小針在我暈脹的腦中不時戳刺。我加入植物園研究人員和小貞老師一起坐在草地上，還來不及鬆口氣，眾人的談話把我轉進另一個更加燒腦的軌道。

「蘭嶼的路樹不斷因道路拓寬而除去，卻沒人想到蘭嶼這麼熱，應該要多一點路樹，下田務農的婦女也需要遮蔭……我們有沒有可能把樹種回去？」

「可以把校園植物園視為小型母樹園，一邊做移地復育，每年試著選出幾個種類，最好是原本部落綠美化或小朋友愛吃的種類，比如血藤、地生蘭花、大葉山欖，可以操作議題，也可以發展教案。」

「民族教育這塊也很重要，透過學校去肯定傳統。在部落裡面醞釀母語復興或深度旅行。學校不碰商業跟觀光，但要把基礎打好，等問題發生時，學生有能力思考問題。」

「苗圃裡的物種要盡量多樣，種類越多，苗圃會越健全，我看過的好苗圃都是這樣，多樣性越高的苗圃，植物長得越好。」

「建構一個科技模式是我們可以做的，例如把基本苗圃的管理、問題和解決、原棲地復育……設計成一個科學型課程。復育沒那麼簡單，要把植物種回原棲地，背後有很多複雜的評估。」

「讓婦女種回農地或種在家族森林也是一種復育，但不是像植樹節那樣大量栽種，真正保育的種植也不可能大規模，大規模是商業經營在做的，而且這裡的森林本來就會考量多樣性，或許還是先把單一物種慢慢種回去，一個一個來。」

「文化跟保育都很脆弱容易受傷。如果沒有文化，就變成拿利用論來推動保育。」

這些飛快吐出的字句，讓我跟著兔子猛然掉進一座龐大的迷宮，這座迷宮是由眼前這群人預想的未來願景彼此套疊而成。原來，他們追求的不只是在校園裡種下一棵樹，也不只是設置一座校園植物園，擁有一間技術完備的網室苗圃。在他們拋出的許多線頭中，我牢牢抓住也許是最關鍵的一條，那條線索，叫「多樣性」。

一片芋頭田蘊藏的生命

說到多樣性，我首先想起的，是第一天抵達蘭嶼的黃昏，騎車從民宿前往蘭嶼高中路上看見的一片又一片芋頭田。

比起在礁岩上和馬路邊徘徊的羊群，這些以海水為背景的靜謐芋頭田，對我來說更接近蘭嶼地景的第一個刺點——我從未在臺灣的任何一個地方看過這麼美的農田。

蘭嶼人用當地的火山岩或珊瑚礁岩一塊一塊壘出芋田四圍，壘石上多半覆滿植物，細看便發現這些植物是不同物種所構成的小小綠籬。芋田有的是旱地，有的是水，後來我知道差別在於栽種的芋頭品種，有些婦女甚至會在一小片田裡種植多種不同的芋頭——是的，芋頭田在蘭嶼人的傳統分工中，是屬於女性的職責。

我還注意到，許多芋頭田不只壘石為界，也會種植灌木或喬木，向著海的那一面種植的樹種和面朝馬路的樹種可能都不一樣。有些芋頭田甚至還設有遮蔭休息的涼臺，有的以木頭搭建，有的是鐵皮上密植林投樹，有些綴有五彩繽紛的漁用浮球，有些根本呈現為漂流木藝品。沒有一片芋頭田長得一模一樣。

後來，我在董景生、黃啟瑞、張德斌合著的《婆娑伊那萬：蘭嶼達悟的民族植物》中讀到，目前蘭嶼的芋頭品種計有水芋十二種、旱芋九種，達悟語中光是芋頭各部位的詞彙也如生物學般區分精細。傳統上，女性從小就會隨母親到芋田裡學習種種田間知識和經驗，例如如何區分「好草」（apia tamek）跟「壞草」（marahet tamek），前者不會搶奪芋頭需要的光線和養分，還能保護田埂植群，後者則容易過度生長、影響芋田生態。簡單地說，蘭嶼婦女的芋頭田智慧就是「以草制草」，運用植物相剋的原理減少除草農事的勞動率，還能達到護坡跟穩固石牆的功能，而每日務農能有美景相伴，則是選擇多樣植物栽種時額外卻美好的副作用。

芋頭田的生物多樣性也不侷限植物。《婆娑伊那萬》提到，芋田、石牆、水渠構成的多孔隙空間，也成為陸蟹、澤蛙、蜥蜴、鰻魚、鱔魚、田螺以及各式各樣的水棲昆蟲擁有充足食物提供的絕佳棲地。

在聽到我興奮訴說對芋田的一見鍾情後，小貞老師和我分享了更令我愛不釋手的生活智慧。「有次我問一個阿嬤，為什麼蘭嶼婦女要在芋田旁邊種蘭嶼樹杞、大葉山欖或麵包樹？阿嬤說，我當然要種這些果樹，因為沒人幫我帶小孩，我種果樹，孩子跟我去田裡就可以採來吃、採來玩，不會吵我。」小貞老師嘆道：「我聽了真的是肅然起敬！」

我也跟著猛點頭。這完全不是我能想到的思考方向。原來一片芋頭田裡，蘊藏著這麼多物種的生命、生活、同棲關係和記憶。我直觀的美，是這麼豐富的多物種、多樣性相互疊加而成。

「你們要把這裡每一棵樹苗都計算、標記起來？」我瞠目結舌看著林試所的研究員林奐宇[4]和兩位植物園園丁阿宗、昆達，在這片臨近環島公路的山坡林地間鑽進鑽出，為遍布坡地的一株株琉球暗羅小苗測量高度、標記序號、掛上標籤。不誇張地說，這些直接從高大母樹上落地生成的實生小苗，完全是以「樹海戰術」的高密度佔據這不算大的棲地。

棲地消失之謎

看著這些繁殖力強、蓬勃生長的琉球暗羅新生代，很難想像整個地球僅有這個方圓不到百公尺的山坡地，以及日本琉球波照間島同樣一小方地上，容得下這個樹木家族存在。自從植物研究者們在蘭嶼發現琉球暗羅的棲地後，多年來這個族群的分布始終侷限於此、並未擴張，長成喬木的琉球暗羅

4 林奐宇已離開林試所研究員職務，現任教於宜蘭大學森林學系。

也只有十多棵，從全球尺度來看，這個物種隨時有滅絕的危機，而《二〇一七臺灣維管束植物紅皮書名錄》也將他列在國家極危等級（NCR）。

儘管紅皮書裡光是以「蘭嶼」為名的受脅植物就有八十幾種（還不包括棲地在蘭嶼卻沒用蘭嶼命名的），但這麼狹小的棲地和這麼稀少的成樹數量，足以讓林試所的科學家們決定優先出手相救。

更何況，前一年來棲地做初步調查時，研究人員發現一棵琉球暗羅大樹竟被砍下，而這一天我們也在棲地發現有人在某棵樹上做記號。

在蘭嶼，要是你看到有人在樹身上刻畫記號，那多半是家族記號，代表這棵樹被某家族的人「訂下」了，日後刻記之人將來取走樹木，或是造拼板舟，或是用做建材或器具。但是，嫻熟傳統植物知識的朗島耆老蔡武論告訴我們，達悟語稱為「Monus」的琉球暗羅在蘭嶼人眼中不算好木頭，因為材質鬆軟不結實，即使製成用品，至多兩、三年就會爛掉，除非是製作臨時替代性的拼板舟，或是飛魚架的橫桿（絕對不能作為直立支撐的構造），又或是年紀大的老人家已無力前往深山取好的木頭，只好拿琉球暗羅將就著用。

「瑞芳大哥也說，這不是好木頭，（刻記號的人）可能是搞不清楚的老人家吧！」

因難以利用而不被列入達悟民族植物，不受人類青睞、林下小苗生長率卻極高的琉球暗羅為何沒能因此大肆擴張領地呢？二〇一九年夏天，當蘭嶼高中的「雅美TAO民族植物園」正式在校園內揭牌成立，林試所將在棲地採集的琉球暗羅種子交給師生播種，而這批在網室苗圃培育的種子也不負眾望順利成長，使研究人員對琉球暗羅移地復育抱持樂觀期待，然而關於琉球暗羅在原棲地為何數量有限，仍有許多謎題待解，而這些謎題，或許正潛藏著物種保育能否成功的關鍵。

千顆種子，五棵大樹

「我們在這裡做的是基礎物種調查。」董景生向我解釋林奐宇等人在這片琉球暗羅原生育地的調查內容和目的：前一天他們已先用空拍機拍攝生育地周邊區域，以確認大樹分布位置和數量，而這天進入族群最密集的樣區，測量大樹胸徑、樹苗高度和數量，以作為未來觀測林下更新的依據。

「這裡的母樹雖然一直產出種子，但這些小苗因為沒有陽光，就會一直小小的，直到森林鬱閉解除——例如有樹倒了讓陽光透進來——他們才有機會快速進行光合作用等生理作用長大，但通常一、兩千顆種子裡大概只有五顆、十顆能長成大樹，何況這個棲地很小。」董景生說，假設這樣的樣區基礎調查以十年為期，研究人員會每隔一段時間回來確認小苗的存活率，也可藉此檢核這個林地的健康程度。

「我們還有很多問題可以問，例如小苗是出自哪棵母樹？這裡的樹和琉球波照間島的樹親緣關係如何？當然還有他的生長習慣，比如對光的喜好或苗期生長速度等，這些資料會成為未來由域外再引回棲地栽種的參考。」董景生強調，作為臺灣最高的林學研究機構，在進行保種復育等行動時，必須有更多科學上的判斷評估，以及各種兼顧研究倫理和在地文化的考慮。

「不能光是任何人說我要拯救這個植物，就來採集取走種植，事實上在談論復育時，我們應該更重視原棲地的環境，採集數量就是一個基本的倫理準則。」除了復育者大肆採集種苗反而破壞原棲地生態，董景生說，過去也曾發生過研究者來採集瀕危植物回去復育，植物卻不知為何流進園藝廠商手中，轉為商用品種；或是公部門希望把蘭嶼瀕危植物大量栽種為臺灣行道樹，達到復育和綠化的雙重效果。但這些做法，其實都漠視了多年來國際《生物多樣性公約》中的「惠益共享」原則，也就是，要確保植物資源的獲取和使用方式能夠「為使用者、提供者以及資源所在的生態環境和社區帶來最大惠益」。

過去，蘭嶼不只一次發生過植物資源被掠奪、生態環境遭到劇烈破壞的歷史，蝴蝶蘭和蘭嶼羅漢松就是最鮮明的例證。目前原住民族委員會和《原住民族基本法》都針對在原住民部落區域進行學術研究、生態保育等行動，需提出諮商同意和利益共享等基本保障，而「方舟計畫」則透過與在地學校合作，從教育角度出發，一方面在校園植物園進行域外保種，將種原留存蘭嶼當地；另一方面，當學校師生或部落社區的民眾對保種議題有進一步了解和操作上的需求時，林試所也能提供相關知識和方法工具，協助在地人士增能和賦權。

「做保育，在地社群和公民組織是我們重要的支撐夥伴，因為我們不可能一直過來，要是研究單位經費結束，計畫喊停，那保育和相關規範還能不能繼續維持下去？還是得靠在地人。」曾協助多個原住民部落進行保種與民族植物知識保存，董景生認為，終極目標在於「能否永續」。怎麼做？建立一個經濟系統是一個方法，生活或精神感到需要是另一種方法，例如，當眾人都意識到：維繫植物背後的智慧和文化，是至關重要的事。

結束又一天緊湊的工作行程後，我和陳淑貞老師總算能在朗島夜市的一個攤位坐下來說話。

從第一天在蘭嶼高中和她見面，這位大夥稱為「小貞老師」的女子就引起我十足好奇。身為蘭嶼高中的資深教師，又是學務處主任，繁忙的教學行政之外還能與林試所合辦校園植物園這樣大規模的計畫，她的活力和熱忱彷彿源源不絕。這幾天的工作討論中，她經常一臉笑意拋出各種對教學願景的想像，也常用「很開心」、「很感動」、「很好玩」來描述自己多年來在蘭嶼和蘭中的種種見聞和經驗。我實在很想知道，這位臺灣來的女老師為什麼會選擇把自己種進這個離家如此遙遠的小小島嶼，而且選擇年復一年在此實踐她的教育志業？要知道，離島可不是多數人投身教職的夢幻選項。

學校是外來的異質存在

「因為蘭嶼給我的震撼太大了。」依舊滿臉笑意，小貞老師回望二十多年前初次來到蘭嶼的自己。當時她還是海洋生物研究所的學生，來蘭嶼參與鯨魚骨標本的製作，順道來當職業生態導覽員的培訓輔導老師，沒想到過去努力想從書本學習的自然種種，蘭嶼的老人家們早就在生活中自然而然地實踐。深受震撼的她，索性接受蘭嶼高中的邀請，留下來當生物老師，繼續親炙蘭嶼人的自然智慧。

只是才剛進入教學現場，小貞老師就遭受不小的挫敗——她意識到學校本身之於部落是一個外來的異質存在，更是造成觀念衝突的場所。學校蓋在墳墓附近，對蘭嶼人來說已屬重大禁忌，何況把孩子送到學校讀書。「學校教的都是漢人的東西，我們的孩子讀到都變成漢人了。」那幾年，她屢屢接獲家長這麼質疑。

「我突然發現，媽啊，我是來這裡搞漢化的嗎？但我當初來蘭嶼明明是想跟老人家學習傳統生活……」在蘭中的前三年，她幾乎都在自我質疑的煎熬中度過：國中自然課教材其實是以西方科學觀點架構的，這樣的出發點和蘭嶼人的世界觀、自然觀迴然不同，別說和他們的生活缺乏關聯，以科學為尊的教育方針，甚至否定了蘭嶼人世代累積的在地知識和文化認同——當老人家告訴孩子，蘭嶼秋海棠只能吃葉柄，花和果實不能食用，否則會嗓子變啞或耳聾，諸如此類的禁忌，其實反映的是不要剝奪物種繁殖後代的生態永續觀。但當科學一概斥為無稽之談和迷信，破壞的不只是禁忌和其中蘊含的價值，還包括蘭嶼人的集體信仰和文化認同。

這些教育工作的挫敗，在小貞老師遇到兩位前輩後有了轉機。一位是時任三峽柑園國中、後來創辦桃子腳國中小的王秀雲校長，給了她教育在地化、向社區學習的重要啟蒙；另一位是也曾在蘭嶼教書的臺東萬安國小鄭漢文校長。對蘭嶼生態智慧和民族植物研究有長期觀察著述、貢獻卓著的鄭校長鼓勵小貞老師進修人類學，她因此大量閱讀學習，重新思索和自我辯證，也在部落跟蘭嶼人一起生活、參與農事、請益在地智慧，設計出更多從傳統生活出發的自然生態課程。

「學校課程一定要跟孩子的生活結合。」小貞老師列舉了三個重要理由：「首先，孩子這段時間本該在部落學習森林、海洋、芋田的知識，卻被我們綁在學校，就應該在課程中把時間還回去。第二，孩子來學校不該感到挫折、認為自己的文化不好。教學要能回應孩子的生活脈絡，讓他能認同部落裡的生活和長輩，他才能長出自信，找到自己的價值。第三，蘭嶼雖小，但蘭嶼的自然生態跟生活文化是非常珍貴跟獨一無二的，是重要也珍貴的人類資產，一旦它們消失，對世界來說是一種觀點的消失，那是非常可惜的一件事。」

既然要讓教育回到生活，就要讓孩子感覺校園如部落，小貞老師找上林試所詢問該如何打造傳統生態校園，沒想到雙方理念相契，蘭嶼高中就這麼加入方舟計畫，成為移地保育蘭嶼珍貴植物的一艘拼板舟。

在校園找回部落的果樹經驗

早上九點，從太平洋升起的日頭已輻射出熾熱的高溫，植物園的研究團隊和蘭嶼高中的校長連紋乾、小貞老師等人一起在烈日當空的校園裡四處走動，盤點校內植物，預計未來幫每棵植物掛上寫有達悟語、漢語、拉丁學名的名牌。

目前校園裡的植物，許多都是任職於學校的部落文史工作者王桂清種植的。「雅美TAO民族植物園」設立後，由師生在網室苗圃培育的琉球暗羅等植物，在長到合適大小後也將離開溫室，出栽到校園各處，與全校學生有更進一步的互動。

「我們不是在校園裡蓋一所民族植物園，而是整個學校就是民族植物園。」之所以有這個構想，小貞老師清楚記得，早先學校有一棵桑樹，遇到初夏結果期，常有學生問她能不能摘桑椹吃？甚至演變成下課的搶果熱潮。「我後來就想，對啊，孩子在部落的童年不就是這樣過的嗎？從那時起，我就一直希望能把傳統果樹都種進來，隨著不同時間的樹上結果，孩子也能感覺季節的流轉。」

我想起之前某個中午，工作剛結束，小貞老師請學生從冰箱拿出冷凍的大葉山欖果實，學生們隨即湧上前歡樂取食的場景。蘭嶼人稱大葉山欖為

「Kolitan」，因為形狀和芒果近似，也被叫做蘭嶼芒果。當時我也分到一顆Kolitan，在學生指導下小心剝開外皮，咬下冰鎮的果肉時，一陣清爽甘甜瞬間漫入唇齒。聽得旁人笑說，最近觀光客太多，有族人乾脆把Kolitan拿去夜市賣，一袋售價一百元。不知識貨的觀光客買來品嚐時，可會想到這是蘭嶼孩童只要爬上樹就能取得的免費零食？

「我希望將來孩子有機會帶人去逛校園時，可以很驕傲地跟大家介紹這棵是什麼果樹，我們什麼時候會吃它的果子。」這麼一來，即便孩子失去了部落裡的果樹經驗，也能在校園裡找回他和樹的故事，於是下一次，也許他會願意跟著家中長輩一起到山上採Koilitan，甚至收穫更多上一代與森林樹木相處的經驗故事……而學校也就不再和部落形同兩個斷裂的世界，阻撓孩子體驗生活和知識本該是連續不間斷的探索歷練。

而方舟計畫對瀕危植物的保育倡議，也為奠基於傳統生活的中學課程拓展出更寬闊的視野。第一次帶領學生種植琉球暗羅種苗時，小貞老師就告訴他們：「你們正在做一件重要的事。」雖然琉球暗羅並非蘭嶼人常用的民族植物，卻共同生活在這個小島上，在非常有限的土地上努力維持族群的延續，身為人類，我們有沒有可能幫助他們繼續一起在這個環境中生活？

經由栽種一棵小樹，孩子們開始領會「生物多樣性」的原則，是惠及一個哪怕你非常陌生的生命，只因你明白：所有物種的生存權利，都不該被輕易掠奪、泯滅。

「除了跟生活相關的植物外，我們周圍還有很多跟生活表面無關、實際上息息相關的事物存在。」小貞老師說，無論哪個學科，都應該帶領孩子發現這些事物的差異與關聯，如此，孩子就能夠培養出從生活脈絡思考與世界的連結的能力，有一天，他會意識到身為地球公民的一員，面對全球變遷，他在蘭嶼的在地行動又會是什麼？

「就像我看到很多學生畢業後去臺灣，後來又回來部落，可能是當社工、廚師或潛水教練，但這些年輕人也會發起淨灘、學母語，或嘗試在工作中融合在地文化。說著說著，小貞老師又泛起一臉笑，「教育就是撒種子，你根本不知道什麼時候會發芽……」

我想起不遠的森林裡，那全世界僅存的幾棵琉球暗羅母樹，年復一年，他們努力開花結果，產下幾千幾萬顆果實落在土地上。母樹或許沒辦法預測有多少種子能成功長成大樹，然而只要這股繁衍的力量延續，這個族群便依舊能在人之島上擁有一席之地。

後來，誰料得到這樣的後來呢？我竟然也被種進了蘭嶼。

一顆新種子

二〇二〇年夏天的蘭嶼行結束後，我一直覺得和蘭嶼的緣分還沒結束。畢竟，打從在飛機上第一眼看見它的輪廓，瞬間我就無涉任何情緒地淚流不止。雖然是愛哭的人，我一生中並不常有這樣非關情緒的流淚經驗。或許從那一刻起，我的大腦在貯存這個記憶的同時也為它貼上了一個特殊的標籤，並且無意識地搜尋、採集任何能佐證它特殊性的其他事件，持續強化這個當下的意義。

例如這個：那是和植物園研究團隊與小貞老師一起拜訪朗島耆老蔡武論的午後。研究人員仔細與耆老確認他們先前耙梳訪談的樹種用途和蘭嶼季節用語，我並未跟著發問，只在一旁興致盎然地聆聽老人訴說孩提到年輕時種種上山下海的生活。當一個蘭嶼男人說「上山走一走」，意思或許有點接近「巡田水」，尤其是進入家族森林，小的時候跟大人走，是為了學習辨識樹種和自家森林的範圍，長大以後，在森林裡走走看看是為了檢視樹木的生長狀況，若是有使用需要，也會取木頭分批慢慢帶下山。偷竊在蘭嶼是犯禁忌的，所以森林裡標記的有主木頭不能隨便取走，以免引來詛咒……

津津有味聽了兩個小時的蘭嶼植物智慧後，我們離開耆老家，走在氣溫忽然不再悶熱的街道上。抬頭一看，太陽光度晦暗了幾分，有種不自然的暗沉，這股暗沉也籠罩在我們舉目所見的一切光景。

「啊，是日環食！」沒有任何工具能觀看日食的我們，仍徒勞地舉著手，試圖從指縫間勉強直視太陽。當然是不可能見的。我環顧既不像清晨也不似傍晚的昏暗巷道，或許剛才聽多了島上禁忌，我忽然浮現一個念頭：這會不會是什麼預兆呢？今天還是夏至。占星學認為食相的出現，往往諭示足以扭轉人生運途的事物即將出現重大改變，若非結束，就是開端。

疫情依然嚴重的隔年，我忽然收到小貞老師來訊。在蘭嶼相識談話，我對她頗有一見如故之感，她身上那股充沛的活力、高度的工作熱忱、對教育的理想願景，和她交談往往讓我有被充飽電的感覺。

小貞老師劈頭就問我，有沒有興趣教蘭中的師生如何做植物故事的採訪寫作？我在電話這頭張大嘴，想起機艙窗戶望出去那片柔和伸展的島嶼稜線……「我願意！終於等到蘭嶼來召喚我了！」

小貞老師和我說明，她希望未來校園植物園除了幫植物掛上名牌，記錄族語名和學名等科學資訊外，也能用某種方式呈現這些植物和學生之間的關係。我們天馬行空地討論各種可能，偶爾小貞老師會澆我一桶客觀的冷水，告訴我現場可能遇到的實際狀況，但是討論直到尾聲，只要想到能和蘭嶼學生一起創造屬於他們自己和植物的故事，我就感覺骨盆一陣喀啦喀啦響地歡欣鼓舞……

一顆新的種子就此播下。雖然中間一度經歷小貞老師抱歉地告訴我課程計畫因故需要延期，然而偏偏是蘭嶼，讓我懷有極大耐心。又過了一年，當疫情終於失去了震盪世界的力道，接獲小貞老師通知的我，二度搭著德安小飛機來到蘭嶼。我的手指貼在機窗上，輕輕勾勒眼前那片綠色起伏的線條：

「嗨，我們終於再見了。」

凝視人之島

再度踏上島嶼，卻還不是來上課。迫不及待為自己安排一趟蘭嶼旅行，不再像第一次那樣壅塞工作，但也不純粹放空放鬆，閒散度假。我的第一站仍和小貞老師相約在校園見面，討論完如何引導國中一年級的孩子和校園裡的樹木互動並記錄與植物互動的經驗後，前年曾帶我們去拜訪家族森林的網室園丁王瑞芳大哥也來了。

雖然黃昏蚊蟲凶猛，隨瑞芳大哥走進久違的網室，看到裡頭數量大增的植物仍教我雀躍不已。一批新的琉球暗羅小苗排排昂首站在苗床上，除此之外，大部分的植物我都認不得，得靠瑞芳大哥一一指點：蘭嶼花椒、蘭嶼法氏薑、菲律賓胡頹子、翅實藤，還有這幾年一直努力無性繁殖的在地刺桐。臺灣的刺桐這些年在刺桐釉小蜂的肆虐下，幾乎全部慘遭毒手而損害嚴重，蘭嶼的刺桐也開始淪陷。這是機場已經死亡的老樹後代，董老師隨方舟計畫送回學校，苗圃後方長出的刺桐又因蟲害而一片光禿禿，移種回網室裡的刺桐小苗雖然長勢不錯，但實在不敢輕易出栽，免得又遭侵襲。

瑞芳大哥對我露出不好意思的微笑，掏出一本筆記確認沒把植物的漢語名稱說錯。「這些植物的蘭嶼話我都知道，但是國語我比較不會……」我湊過去一起看他在筆記本上母語拼音和漢字並列的工整字跡（漢字是瑞芳大哥的太太、也是部落文化導覽老師江百琦幫忙寫下的），那股熟悉的歉意再度湧現：要說不好意思，該是強迫蘭嶼人放棄說母語、改說國語的強勢文化這一邊不好意思吧。

我問瑞芳大哥，這麼多植物裡，你最喜歡的是哪一種？他發出憨厚的笑聲，「沒有最喜歡，我種的我當然都喜歡吶。」繼續娓娓對我說著：這個蘭嶼花椒，它的根外面會冒出一種像棉花的東西，會黏黏的，以前沒有南寶樹脂的年代，我們做拼板舟就用這個像棉花的東西黏板子的接縫。還有呢，以前沒有東西吃，老人家會用這個去黏小鳥，這樣就有肉可以吃。

這個是蘄艾，很漂亮，以前蘭嶼人很愛吃魚，可是沒有筷子，都用手抓魚吃，手上的魚腥味沒有肥皂可以洗，就會摘幾片蘄艾的葉子，放在手上揉一揉，手上就不會有魚腥味了。

如果讓我選，我喜歡種果樹，還有會開花的植物。像這個，這是蘭嶼才有的百合，每一枝都會開一朵，不像臺灣的百合一枝開很多朵，啊，那邊還有一枝有開花的，被妳看到了，妳運氣很好，其他大部分都枯掉了，雖然枯掉，但裡頭還有種子喔。

我們最後停在一排大約跟我差不多高的琉球暗羅小樹旁，我驚喜地看著這些可能是當初 Lavi 那班學生親手培育栽種的小樹，覺得自己能回訪他們——無論是人還是樹——真是太好了。在偌大的世界中，能和任何一個物種締結不只是一期一會的關係，作為「有情眾生」的樹與我，是誰握有那份能動的意志（或細胞訊號），推促著彼此以情相繫，我認為答案並非理所當然的絕對。

瑞芳大哥告訴我，他還想實驗一些不同的栽種方式和位置，看看哪一種會讓這些琉球暗羅小樹長得最好。我心中暗暗想著，那麼我也要不時回來看看你的實驗結果……

這趟短暫的小旅行在我獨自騎車環島一周後結束。我的環島機車遊遠比一般觀光指南提到的兩小時還久，幾乎花去我一整個早上的時間，因為沿途停下來拍照、打招呼的植物委實太多，還有上次已教我驚豔難忘的芋頭田。我再度明白，一旦人懂得和大地萬物和諧共處，願意和環境裡的多樣與歧異協議出一套共同生存的方式，美就會與這份多樣性相伴出現。

不知道下一次來時，我該怎麼向學生表達這個體悟呢？一直在此生長的他們，會和我有一樣的感受嗎？我既期待和他們分享這份共感，又隱隱設想著不同的經驗感受能為課程和我自己帶來怎樣的刺激——我也有想從蘭嶼孩子身上學習的事物。

我騎行的馬路旁是一排綿延的芋頭田，其中一塊呈現焚燒過後的痕跡，一個年輕的男人正往田裡撲放草桿。我停下車和他攀談，問他這之前是不是芋頭田？他說是，接著主動告訴我，家裡的老人家年紀大了，沒辦法再到田裡種芋頭，所以他只好把田地整理掉。問他，那有打算之後做什麼嗎？

「可能，會蓋民宿吧。」他轉過頭不再和我搭話，繼續往堆高的土丘上撲放草堆。我繼續騎車上路，一邊想著那置身在芋頭田裡的唯一一間民宿。或者，會是許許多多的民宿，逐漸種在原本芋頭住過的土地上呢？

我希望一直回來，一直凝視著人之島上的種種起落和消失。我希望和蘭嶼的孩子一起把故事留下來。

伍
藝術裡遇樹人

我的想像是，這裡盡量用減法維護，到最後，連植栽的痕跡都沒有，野野的，生機盎然。

我承認，幾次到淡水的雲門劇場看下午的表演，常常演出越到尾聲，我心裡便升起隱約的期待，期待得緊了，有時甚至揪心：今天，最後一片帷幕會升起嗎？

今天，我能再次在漆黑的劇場裡，和那一大片驚人美麗的綠意相遇嗎？

大地是作品的回歸處

一個被自然環繞的劇場，在臺灣是件稀奇的事。我們早習慣看戲這樣的文明活動，該發生在車水馬龍城市裡，於是，二〇一五年春天，當雲門劇場在淡水滬尾砲臺旁的中央廣播電臺舊址開門見客，人們首先驚嘆的還不是劇場四周繚繞的自然環境，而是超越臺北觀眾習慣的交通距離。「遠得要命劇場」從此成為劇場人對它的暱稱。

但遠得要命是有補償的。即便從高爾夫球場和砲臺夾道的入口一路走來，你對小徑兩旁的榕樹構樹相思樹光臘樹漫不經心；即便你走上劇場建築的棧道，而左手邊的苦楝、竹林與低處駁崁蔓生的姑婆芋依然無法引起你的注意；甚至，你來到劇場北側，大片草皮和遍布在遠遠近近的群樹，以及那穿越整個臺北城來與淡水河出海口相遇的落日輝光，都還不能開啟你對自然的意識開關……不要緊，來這裡演出的創作者很難抗拒把「自然來到你面前」作為一份驚喜厚禮。無論你有一顆多麼堅持的城市腦、人工心，雲門劇場會用環境敲醒你：藝術和自然之間，曾經只有咫尺相距。

我永遠難忘，第一次坐在雲門劇場裡，演出終了，正當觀眾準備鼓掌迎接舞者謝幕，舞臺盡處的黑幕忽然迤邐盪開，綠意和天光迅雷不及掩耳，往我的眼睛撞進來。

大氣不敢喘。驚喜化成眼淚嘩啦啦流出來。在把舞蹈帶向人們之後，雲門把自然帶到我們面前。這順序儘管有些奇怪，卻這麼具象地反映德國哲學家海德格對藝術創作的說法——作品把大地帶向前來。

演出結束後，不約而同地，許多觀眾往劇場外的平臺走，或者遠眺落日，或者探問近在身邊的那棵樹或植物叫什麼名字。不急著討論方才演出的優劣喜惡，被作品掀起的過於熾熱濃稠的情緒，暫時交給樹梢和風聲薰洗。海德格也說了：大地是作品的回歸之處。

舞臺上頂天立地的板栗樹

雲門舞集在臺灣創造舞蹈文化的過程，創辦人林懷民形容為「在水泥地上種花」。這當然是個鏗鏘有力的意象，不過，在多了解一點林懷民和自然的關係後，才知道「種花」於他，不只是唯美浪漫的詞彙——因為意識到此事，我回頭修改了這段第一句話。原來我寫的是「雲門舞集在臺灣『耕耘』舞蹈文化」，嘿，我哪知道耕耘是怎麼回事？雖然打這兩字只花我不到一秒鐘的時間。

林懷民在他母親林鄭女士翩翩辭世後十年，發表過一篇名為〈心經〉的長文，回顧母親一生。對花的感情是終生的，他筆下的母親愛花，是在日留學時不忍踩過落滿櫻花的小徑；請在東京的兄長寄來花卉種子，分送學校和公家機關，給荒蕪的臺灣戰後土地增點生機色彩；婚後隨夫婿住遍全臺公務員舍，她利用有限庭院種菜、種花、種樹……

除了栽種草木，林懷民的母親也曾是護樹一員。晚年她住天母，每日沿磺溪步道行走，看見有人要砍溪旁樹叢，她要兒子趕快打電話給當時的文化局長龍應台「刀下留樹」。

「對樹，對花，母親有不渝的深情。整地，拔草，照顧花卉樹木，工作到晚上十一點是家常便飯。」追憶的筆也滿懷柔情。我才知道，有次到臺東採訪雲門戶外演出，與林懷民同行車上，看見路旁瀲灩滿樹的羊蹄甲，當時還不識樹花，我問旁人那是什麼，林懷民忽然從前座朗聲回答，還補了句：「植物可以問我。」

開始戴上自然的眼鏡觀看身旁事物後，我也才發現，自己熟悉的當代表演藝術中少有自然存在。每年臺灣有望眼不盡的藝術家量產作品，奢談資本主義與全球化之過，探問人類的存在虛無和液態關係，或是用作品宣揚愛的美妙或貧乏、欲望的過剩或恐怖……我們在全白或全黑的人造展演空間裡，一面吸吐四季均溫的空調，一面觀看人類再現、反芻人造的罪惡與美好。

為什麼當代藝術裡，自然幾乎缺席？這問號剛浮上心頭，我就接到雲門舊作《烟》重演的訊息，新聞稿裡還寫著：舞臺上有棵頂天立地的板栗樹。

我希望它野

「《烟》那棵樹的樹型是從印度鹿野苑來的。鹿野苑是佛祖第一次說法的地方。」林懷民說著，眼神悠悠望遠方。我不確定他是不是正看著雲門劇場前緣，那幾棵同樣來自印度的菩提樹。

坐在劇場西北側的大樹書房二樓平臺，我們剛好置身在一棵巨大老榕樹的庇蔭下。這裡也是觀察整個劇場基地的好視角，除了入口夾道和北側角落，林懷民在園區裡種的花草樹木幾乎一覽無遺。

來雲門拜訪他的這天，《烟》的公演早已結束如上世紀，一如許多藝術家，林懷民對回顧剛完成的工作沒有太多興趣，也不太願意談論他的作品和自然之間的關係，「我從樹的結構學到很多」，就這麼一句，沒有其他說明。

但他很樂意談剛進得園子裡來，才剛定居一年的兩百多棵樹們。樹是政府規定種的，但恰好對了林懷民的頻道，一向缺乏購物慾的他，趁著遊逛全臺各地苗圃的機會盡情採購，把兩百多棵樹帶回雲門劇場。

「我們本來想種很小的樹，讓雲門跟它們一起長大，可是不行啊，旁邊都是百年大樹，中間一陷落，不是跟沙漠一樣？」他津津樂道連百貨公司都不知怎麼逛的自己怎麼在苗圃裡選購樹木，「挑好一棵樹，就拿紅色塑膠帶在樹上打個結，表示那是林老師訂了。」兩、三天裡，他在中部園藝重鎮田尾、埔里等地，用那雙平素端詳舞者的眼睛，端詳揀選群樹。

「我挑樹是樹型直直的不要。」於是，一般人因「樹型直立美觀」廣為種植的小葉欖仁、落羽松等樹，首先就被編舞家排拒在外。「太嬌貴、需要照顧的樹也不要。要有樹蔭，要四季開花，因為這裡太綠。」但是，「我也不希望這裡變花園，我希望它野，跟四周的環境通通搭成一片。」一如劇場建築外牆新植的攀緣植物薜荔和大鄧伯，他寄望它們快快覆滿牆面。「我希望這裡像荒野一樣，看不見水泥跟鐵。」他指向草原邊緣，在排練室外站成一列的鳳凰木和菩提樹，「我很高興種了這些樹，要不然建築看起來很乾、很大，隔著樹看就不這麼給人壓力。」

林懷民挑選栽植的樹種，鳳凰木、苦楝、光臘樹、櫻花、藍花楹、風鈴木、紫薇、楓香、含笑、桂花……多是枝葉緻密、樹型柔美的花樹。有些開花時香氣襲人，有些終年細葉迎風輕顫，教人想起雲門的舞者在臺上款擺身姿。看樹如看人。林懷民不喜歡一根線條通到底的樹型，也讓我不由想起《水月》、《行草》、《松煙》、《狂草》等作品中，舞者那注入大量擰轉、迴旋的肢體動作，在身體扭轉到幾乎不可能的角度時，倏然回身抽出四肢如劍，下一瞬收束力道，把身體纏回一個個畫之不盡的圓圈……舞蹈的造型裡，曲線不只比直線更蜿蜒妖嬈，也更多往復循環、生生不息的動態空間。

用減法維護

但，這些如舞者秀雅挺立的樹，要在雲門安身立命，並不是沒有考驗。由於地勢的關係，園區有幾處植樹區在受風面，一條自劇場背面繞進園區的迎賓道上種滿成列藍花楹，林懷民料想，三、五年後，夏天的訪客一進來就會被轟然綻放的藍紫色花柱包圍，這些藍花楹卻在第一年就飽受颱風和東北季風雙重吹襲，傾的傾、倒的倒。「我傷心死了！」林懷民只得請人修剪後以支架護持這些種在風巷的花樹，祈求它們早日復原。

受風摧殘的不只藍花楹，林懷民回憶自遷進園區後，已兩度遭遇颱風吹倒樹木，其中又以橫掃臺北市路樹的蘇迪勒颱風釀災最烈。「入口那條路的樹都倒了，滬尾砲臺的老樹也被吹斷。」雖然政府很快派人清除倒樹斷樹，路面很快恢復暢通，林懷民卻不捨，「這樣幹掉樹，表示對樹沒有愛嘛！」他嘆了口氣：「我可以了解政府單位的確有壓力，否則媒體又要說東說西，所以馬上把樹幹掉。」但事實非常清楚，「我們就是個不愛樹的民族。為什麼樹倒下去不扶起來？為什麼我們不能說，我們把樹分段弄好，道路分段開通，請大家諒解？」

「每棵樹都承載著很長的歲月，給了我們很多幫助。」他提到雲門同事曾在日本琉球目睹颱風來臨前，當地人如何用紗網罩起整棵樹保護；他也看過金閣寺內，人們如何以小剪刀細緻地、近乎對待工藝品般地修剪樹木。

「樹是，」他朗聲宣布：「只要健康，沒有不好看的。人有不好看的，可是樹沒有！」思緒一下跳到他最早被樹觸動、吸引的記憶裡：「我想我開始對樹發神經，是在新加坡。我還記得記者問我，來新加坡都做什麼？我說我看樹，因為新加坡有很大的樹。那是八〇年代，因為無聊，我開始看樹，和樹說話，到最後我無樹不歡。出國旅行，我說旅館什麼設備都不要緊，但要有樹。」

「我命很好，家前面就有一排樹。」他笑了，想起自己在八里的家，離水邊那麼近，也離樹那麼近。我想到的是，一個冬日午後，沿著河濱自行車道從蘆洲一路騎往八里，經過林懷民臨河的公寓時，隔著榕樹鬚根向上望，他正好坐在窗邊讀書。舞團一年到頭在國外跑，那想必是他極少數的悠然時光。透過樹看他，訪問時總有些疾言厲色的林老師，那一刻看來雕像般靜穆，卻未減憂容……

一時無話，我們各自掉入回憶的片段。在我們之上，老榕樹的葉子被風拂出海浪一樣的聲響。一旁，樹身粗過兩人、怕有百年之齡的茄苳，新綠的嫩葉和老去的黝綠葉片嘁嘁嚓嚓，交換人類不懂的密語。

「這裡的綠色有七、八個層次，」林懷民揮手指指近在眼前的綠，「去年葉子沒掉光，掉一半就長回來了，有沒有看到小小長出的嫩綠？去年全樹都這顏色，今年跳過這階段了。」他摁熄手中的菸，「天氣已經讓它們發神經了。」

他站起身，帶我去看和雲門一起在此扎根的新樹。在我們訪談的大樹書房門口，兩個工人正在修整比人還高的桂樹。這是電影《看見臺灣》導演齊柏林贈給雲門的一對姊妹桂，雖然剛種進土裡，枝條上幾朵小小的花蕊已香氣娉婷。「你每天都會有美好的一天！因為桂花來了！」林懷民高興地和書房同仁說道，又掉頭看看桂樹旁邊的櫻樹，「還沒花苞……每個人都跟我說，再給它一點時間……」

他常常跟園子裡的植物說話。當花季卻不開花的，他好言相勸快快開花，偶爾稍加威脅。例如電箱外牆的蒜香藤，「我跟它們說，拜託，你們再不長好，我就要把你們換成牽牛花。」羅曼菲銅像旁那棵林懷民母親在八里排練場種下、如今跟著遷居的梅樹，傾倒過兩次，幸而樹醫師劉東啟往樹根灌水，打氣鬆土，逐漸恢復了生機，年初竟還慢慢綻過幾朵花。「我也跟它們感謝了……」

幾個訪客也被綠意引過來。發現林懷民在此，興奮地和他打招呼，討論眼前開的什麼花，什麼樹。

「現在大家來，看到有果，有花，有樹，就很高興。我的想像是，這裡盡量用減法維護，到最後，連植栽的痕跡都沒有，野野的，生機盎然。」想到那光景，他一笑，「我想我是看不到了，但是大家看得到就好。」

植物自有計算

和林懷民樹下談樹後一年，我又來到雲門園裡。一年前正巧遇著幾棵光臘樹移入，就種在劇場入口近處。如今支撐的架子雖還未拆去，它們的頂枝卻伸展得很蓬勃，好像舞蹈中經常出現的，那些基於希望或祈求，拚命向天空高舉雙手的人們。

轉入劇場建築的通道，雖是清早，已陸續有遊人來訪。我身後的一名中年人，掏出望遠鏡探望相思樹梢的動靜；身前三兩年輕男女，驚訝著劇場竟然置身在樹林裡。

滬尾砲臺駁崁上高聳的竹林不屬雲門劇場管轄，幾根被風吹斜的竹子臥在同伴身上，風來，發出拐拐的響聲。我想起某次夜裡來看戲，散戲後狂風大作，漆黑的竹林奏起交響曲，音符在黑夜中難免驚怖，卻教我聽得入迷。

被雲門人戲稱為「三支香」，聳立在劇場建築下方的肯氏南洋杉，依舊挺著身軀。雖然有違林懷民園區不要直樹的期待，看樣子站了好些年，不畏風不畏雨的它們，將會繼續在此作為異數。

劇場下方的排練室外牆，薜荔如林懷民所願爬滿一半。牆前，新植的梔已開出紅心花，臺灣欒樹下一地紅椿象蟲，津津有味地取食欒樹汁液。

菩提新葉懸垂滿樹，應風輕搖，鈴鐺一樣，只是無聲。

鳳凰木樹梢已綻開第一朵花，唯獨一朵，嬌豔卻不招搖。

拿著放大鏡的男童匆忙往欒樹下奔去。

早開的雞蛋花落土了，另一頭的梔子和含笑還掛在枝上，盛放著，盛放著，那麼濃烈地盛放，幾乎教人也把頭埋進花蕊，為它傳遞強烈的生殖趨力。

在西南側環繞大樹書房的老榕與茄苳安然守著它們的角落。我已養成習慣，每到雲門，第一個或最後的去處定是它們這裡。站在茄苳樹下，一個父親帶著幼小的女兒來到我身後，輕聲向大樹問好。

這是林懷民構思的另一支舞嗎？我想起雲門資深舞臺技術郭遠仙告訴我：「老師是用編舞的概念和手法安排這裡的景物。」跟隨林懷民工作幾十年的郭遠仙是實際照管園區植栽的人[1]，舞臺上，他將編舞家和設計者擘畫的視聽元素落實為觀眾可見的景觀；舞臺下，編舞家想種什麼樹、種在何處、種入土後怎麼顧，也由他負責打理。

出於長年合作的默契，雖然林懷民對植物的選擇、種植多憑直覺，郭遠仙仍感覺到，在植栽與舞蹈之間，林懷民的美學貫徹、串連了兩者。

園子裡從春天到夏天歷經的不同花季：白色的流蘇、紅粉撲一樣的合歡在春天，然後梔子、含笑、紫鳶接力綻放，跟著夏天的荷花、鳳凰木、藍花楹，秋天的欒樹，桂花，冬天的梅花……從色彩的對比到時序的接替，郭遠仙認為都挾帶著編舞家的美學思考，唯獨一件事——植物在自然裡，和劇場創作終究不一樣。

1 郭遠仙已於二〇一六年自雲門離職，目前任高雄衛武營國家藝術文化中心副總監。

「舞者可以馬上達到編舞家的要求，可是植物需要時間。」他說：「劇場可以在你的控制內順利發生，而且不出錯；但植物是植物，要兩、三年後才知道當初判斷的對錯，時間尺度很不一樣。」

郭遠仙說，老師偶爾心急，看見樹葉落盡，會連忙詢問：是不是死了？花季該來未來，他也擔憂：是不是出問題了？忙忙地要人解決。後來發現，植物自有計算。「我們在重新學習。」林懷民如是說，學習植物看似靜默卻動態不斷的身體感，更重要的是，學習與不受控的自然共處的藝術。

或許，把雲門園區比擬為編舞家的創作是過度放大人力所能為了。或許，還是海德格那句，作品歸於大地。作品是大地的一部分，而不是反過來。

但又為什麼，那些種在受風面顯然不夠強悍的藍花楹，總讓我想起林懷民在舞作《聽河》最後的安排？一個男舞者在靠近觀眾的角落，面向撲天蓋地的河水翻滾影像，跌倒又站起，跌倒又站起，又跌倒，又站起……

林懷民是二戰結束後出生的藝術家。除了《烟》裡的板栗樹，「自然」在他的舞作中並不少見，無論以具象或意象存在於作品中，或乾脆成為舞作的名字——《九歌》裡一池真正的荷花介於觀眾席和舞臺諸神之間；《流浪者之歌》用上了稻殼，相同的植（作）物直接成為晚近作品《稻禾》的名；《紅樓夢》和《花語》同樣以花喻人，花卉成為繽紛的視覺元素；藏人燃燒松枝以祈福，是《焚松》的靈感起點；臺灣山嶺常見的濃密竹林，也被搬上《竹夢》舞臺……

我試著搜尋近當代的臺灣藝術創作中，還有哪些藝術家以樹或自然為創作主題。繪畫作品是最常出現自然的。日治時的陳澄波、郭柏川、郭雪湖等人作品中不乏臺灣群樹地景，戰後的席德進也曾以木麻黃、鳳凰木入畫。除此之外，在並不嚴謹、沒有地毯式搜索的情況下，我找到的戰後大量繪製樹景的畫家，是一九五七年出生、目前定居花蓮的葉子奇。

漆黑盡處的樹

若撇除專攻中國山水畫的畫家以臺灣不常見的松柏梅為題的作品，臺灣樹景入畫的例子實在不多，尤其近當代作品，自然幾乎絕跡於藝術創作，除了「藝術反映現實」的徵象，為什麼臺灣的當代藝術創作者們幾乎一致地遁入城市文明，不再前往自然？

「這是個有趣的問題，我現在就在寫這個。」坐在便利商店啜著滾燙的咖啡，藝術家高俊宏試著告訴我，稍早他領我和其他友人在濕冷的冬雨中狼狽走進新北市外插角山區，是一場基於何種觀念的藝術行動。

這次前往自然，是我主動要求同行。在認識他之前，我印象中的高俊宏是個很怪的藝術家。我的工作浸泡在表演藝術圈，偶爾遭遇其他領域的藝術創作者，該說見怪不怪了，但高俊宏和其他致力於探索新媒材、新形式、新市場的藝術家很不同。我第一次接觸到他的「作品」，是蔡明亮的電影《郊遊》。片尾，陳湘琪和李康生站在一所廢墟裡，面對一堵畫有溪畔遠山風景的牆面凝視良久。那長達十四分鐘的凝視應是電影史少見的紀錄。後來我才知道，那是高俊宏《廢墟影像晶體計畫》的系列作品之一，他進入廢棄的樹林臺汽客運裝配廠，以碳筆在無人知曉的牆上重現英國攝影家約翰・湯姆生一八七一年行經臺灣拍下的高雄茎濃溪河畔照片，直到蔡明亮為電影勘景時發現。

日後，蔡明亮邀請高俊宏合作劇場表演《玄奘》，當李康生飾演的僧人躺在巨大的紙面上沉睡，一身黑衣的高俊宏蹲跪著，以碳筆畫出一隻隻環繞僧人的巨型蜘蛛。當蜘蛛爬滿畫面，高俊宏忽以筆塗黑一切存有，接著，他在依然熟睡的僧人頭上，畫出一棵深邃過一切漆黑盡處的樹。

我記得臺下的自己，在認出那是一棵樹時，瞬間淚流不停。那是無以名狀卻理由充分的眼淚。那棵樹成為我動念採訪高俊宏的起點，儘管當時我想都沒想過，有一天樹會成為自己書寫的主題。

果真採訪高俊宏時，他提到這些年，自己進出的無人之處除了廢墟，還有山林。他生動地描述獨自一人在山野間面對的各種「磨難」：雨天，不知不覺爬滿腿腳吸血的螞蝗；在山上過夜時，壯大到比魔神仔還可怖的內在恐懼（魔神仔倒是從沒遇過）；迷途失徑時憂慮著遇難的可能性……

為什麼藝術家要做這種事？這問題以拔山倒樹的力量往我傾軋而來，但當時我應該沒問出口。我知道，比起語言陳述的漂亮答案，跟藝術家走進山林，遭遇無以名狀但理由充分的場景，也許才能知道那棵樹的祕密。

高俊宏答應了。他邀我們同行的路程，與他正在書寫的臺灣北部山林有關。我們先到三峽的外插角山區尋找一座日治時期的忠魂碑，接著去內金敏山找同樣在日治時期，三井株式會社進駐、經營臺灣山林事業時留下的土地界碑。

但在入山之前，高俊宏先帶我們前往他曾多次進入、創作相關主題的海山煤礦災變現場。那裡有株他難忘的大榕樹。

一九八四年，海山煤礦發生大爆炸，在地底深處工作的礦工遭炸死、活埋，九十四人中，僅有靠吃同伴肉活下的周宗魯倖存。三十多年來，儘管煤礦已廢棄，經營公司匆促撤離的痕跡依然留存，當地人也繪聲繪影傳說著：

從前礦工下班後會聚集在礦坑入口前的老榕樹下泡茶聊天，災變之後，不時有人在夜晚看見頭戴礦工帽的人影在樹下走動……

「聽說屍體抬出來時，就暫放在這棵樹下。」我們眼前的榕樹樹形龐大，枝葉茂密，不知是否沾染了傳說的氣息，它的生機盎然看來有幾分厚重深沉。高俊宏一面看著氣根叢聚後猶如另一棵大樹，與原本的主幹連成一座榕樹集合體，一面若有所思，「我相信工人們的靈魂還在這棵樹裡頭。」

樹一直是個龐大的謎團

「到今天為止，樹對我來說，一直是個龐大的謎團，」高俊宏說：「只是我們通常不會選擇進入這謎團，它只是在旁邊的一棵樹或一座山，但我選擇走進去，去找『我為什麼是我』。」

一九七三年，高俊宏在臺北樹林出生。一如臺灣許多地方多是古人依據該地的自然特徵命名，樹林在兩、三百年前應是密林遍布之處，初聽到「樹林」時的我也有如此想像，直到搭火車途經此處，愕然發現原來樹林早已不再是樹林，它是曾經繁榮的工業區和製酒業集中地，這些產業如今也已沒落或遷移，一如高俊宏在《群島藝術三部曲》中所述及的，母親被WTO政策衝擊的市場內衣生意。

高俊宏一開始進入的，就是家鄉鄰近的山林。從三峽大豹溪山區到古稱「龜崙嶺」的大棟山，他一次又一次隻身前往，試著從山與樹提供的線索，拼湊在樹林平地市區長大、卻分裂成好幾個矛盾斷片的自我。從土地探索自我的脈絡，這條路應該再自然不過，自青年時期就接受專業藝術教育的高俊宏卻到四十多歲才繞回這條路。「我們這一輩所受的教育，對樹基本上就是疏離的。」

即使在美術訓練的環境，樹也常被視為一個以畫筆表現、修飾的對象，一種概念式的存在。「傳統繪畫的樹有幾種固定的表現型態，例如我們畫國畫，總是畫松柏梅，可是這些樹在臺灣很少見。」擴大來說，馬路上的樹也同樣被抽象化、概念化了，「是一種可以被修飾掉的對象，而不是和我生命相關的東西。」

美術學院和藝術圈侈談樹或自然，但一度，年輕的高俊宏對樹生出強烈好奇。在舊時仁愛路圓環地下室誠品書店的一角，一棵棕櫚樹喚醒了他對樹的感覺和著迷。那段對樹充滿激情的時期，他閱讀大量的樹木類書籍，上山尋找殼斗科樹種，累積關於中海拔樹木的各種知識，例如殼斗科的青剛櫟種子和電影《冰原歷險記》、《龍貓》中討喜的橡實外型相仿，不只人類愛撿拾收藏，它還是臺灣飛鼠和黑熊重要的營養來源，富含蛋白質，因此臺灣黑熊出沒的地域，往往就是青剛櫟分布所在。高俊宏笑說：「萬一臺灣發生戰爭，游擊隊撤退山區，我主張拿青剛櫟作為重要食物。」

他的父親曾在大雪山林場買了一片土地種植果樹，當時還是學生的高俊宏，經常在假期時到父親的果樹園協助。日後，當他讀到學者形容臺灣海拔一、兩千公尺的扁柏和紅檜「靠吃霧長大，霧是檜木的肉」時，他心中升起一種激情：「臺灣這奇怪的島嶼，居然可以長出這麼漂亮的樹木，我能夠身為人看到這些東西真好……」

當時也不是沒想過以樹為創作主題。一九九六年，他曾計畫以樹木年輪為題，透過素描方式繪製系列作，連結到臺灣四大林場的伐木史。也想過與專家合作，測試人與植物的關係。這些創作計畫最後沒實現，理由很多，但關鍵或許是同一個。

「我曾想過，在我所處的臺灣當代藝術場域，談樹是件丟臉的事。不夠炫，不夠現代，不夠西方。臺灣當代藝術有段時間是不碰土地和自然議題的，不過，我倒是從真正走入山裡面，而開始連結到跟時間、現代社會相關的議題。」

很難考究當一個藝術家走入山林時是否已經懷有創作欲望，可以確認的是，高俊宏當初重返山林，是為了治療二〇〇七年得到台新藝術獎後身心焦慮、陷入創作低潮的自己。

狀態越來越像一棵樹

一個習於城市和文明生活的人類入山，是要歷險才能求生存的。除了未知啟動求生本能，讓高俊宏的身心逐漸復原，他也記得在山上行走時，時常摘採樟樹子，揉捏嗅聞樟的獨特香氣，「我覺得樟樹有種說不出的能量。」他的身體非常具體地呈現進入自然的益處，「以前吃海鮮會過敏，爬山爬到幾乎不再發作。」

高俊宏也開始對樹林山區的樹種有感情，這些樹其實常見於在臺灣各處：樟樹、構樹、桑樹、相思樹、江某……對一般人來說，這些樹木多屬雜木林，隨意而廉價，但幾次高俊宏出國，看到國外高大漂亮的樹種，「我就會很想念臺灣的樹」，「想到我在山林裡走過的路，看過的樹，它們不只是自然界的東西，也是陪伴我身體慢慢恢復、陪我走過許多的朋友。」

身體恢復了，高俊宏卻在一次次山行中意識到，這片藝術圈長久忽略的自然空間，其實不如大家以為的自然。「基本上，臺灣所有的山林都有人類涉足過，我們所說的自然多半有人造的痕跡。但我無意回溯到底存不存在非人造的空間，我震撼的是，那些存在於人造事物裡的細微力量。」

他回憶著我們早先的山路上，前半段的道路若不是水泥鋪設就是駁坎化，一直到中途才開始直接踩踏在泥土山徑。我們多次穿越的桂竹林，也不是自然長成，而是早年政府鼓勵種植的經濟作物。我們所尋訪的目標之一，大豹社事件日人造來弔祭陣亡人員的「忠魂碑」，也鑲嵌著日本政府與三井株式會社開發樟腦事業的歷史……

透過考察這些存在於山林間的細微力量，「我覺得自己像被包含在一面鏡子裡。」鏡像折射出各種對照：過去曾發生什麼？現在又發生了什麼？除了考據歷史外，「我的成長經驗，我的家庭又和這些山林有什麼關係？」

從龜崙嶺一路蜿蜒到臺中東勢的大雪山林場，高俊宏探勘的山徑隱匿兩種歷史：從日治時期以來的山林開發事業，政府以林業之名進行的大量砍伐是暴力的展現；如今延續為水泥工程進入山林，樹砍完了，改種水泥，形成一種新型態的暴力。他的家族史則沿著父親對城市現代性的逃亡路線，從臺北樹林走向中部山林。那個當水泥工而自認不得志的父親，下班後和同伴喝酒喝到讓高俊宏擔心自己會被殺掉的父親，也是開車載全家人到山區海邊露營的父親，是只要一回東勢山上，神情就放鬆、溫柔不少，被兒子形容為「好像山才是他伴侶」的父親。

在樹和父親之間，當代社會與個人之間，高俊宏想走出一條貫穿兩端的、長長的山路。「我在處理的是自己的時間如何對上山林裡更大更長的時間。」高俊宏說，透過親自進入這些現場，耙梳時間軸線中的事件，他想提出一種時間的觀念，與現代社會的時間對抗。

不管是長時間在山中行走，或是身為一個藝術家卻改以寫作出版這樣的形式發表「作品」，高俊宏想對抗的是藝術環境因時間和效能而生的焦慮：恐懼不生產、恐懼浪費時間，在講求競爭和消費的生態中恐懼落後於其他人身後……，「我們不敢蹉跎。」

所以他把自己拋在荒野中，尋找著不知找不找得到的石碑或歷史物件。就像我們隨行的這段內金敏山行程，希望在荒煙蔓草中找到三井界碑，一行四人在方圓五公尺的草叢間不斷搜索卻遍尋不著，最後只得在逐漸暗去的天色中，踩著一地雨後濕滑的泥巴，在等身寬的崖邊山路小心摸索回返。

曠日廢時且徒勞無功。但同時高俊宏也知道，當自己投入許多時間於山林裡蹉跎，試圖抓住一種「奇怪的生產狀態」時，「我的狀態會越來越像一棵樹。」

必須緩慢，像樹一樣

延續先前的《群島藝術三部曲》三書，高俊宏將他在龜崙嶺、大豹溪山區、大雪山林場和加羅山的踏查過程也寫成書出版。「是不是（被當成）作家我根本不在意，態度比形式重要。」高俊宏經常不厭其煩地重申，他主要的對話對象永遠有當代藝術界。環顧周遭，受到現代主義養成的藝術創作者們，總是大談國際市場、雙年展、西方當代藝術潮流，高俊宏想透過行動反覆申明，藝術可以不在那樣的消費觀點下運作，「必須緩慢，像樹一樣，緩慢成長，慢慢長出一些東西。」

高俊宏說，山和樹是他在談論「抵抗」時的重要支撐點。山林是一個緊密複雜的生態體系，就像我們不可能把樹獨立於自然界的其他生物來談。但從樹切入去談樹與整個生態圈的滋養、共生、依存關係，或許一幅自然界的生態全景可以在人類有限的視角中展開。

他也以自己在德國看過的一幕情景為例。那是法蘭克福的某個路邊庭院，冬日黃昏，一個年輕人站在一棵巨大的橡樹下，對著一根應該是要造成輕艇的木頭，緩慢有致地雕琢打磨它。「一個好像從尼布龍根神話裡走出來的人沉浸在自然中，卻是那麼年輕而現代。」他在那短暫一瞥的畫面中，看見一種在臺灣不曾見過的人與樹的關係。

要怎樣的歷史、土地、文化才滋養得出這樣與自然共存的自信？如果德國或歐洲是另一面域外之鏡，臺灣人和這片土地的樹木山林，又是怎麼走到今天的關係？倘若，我們有自信選擇依循樹的時間，這個島嶼所有生物的集體意識又會把我們帶往哪一條歷史的途徑？

過著樹的時間，在樹的時間中生產、供給，覺得自己開始像棵樹的高俊宏說：「很多人會來樹上休息一下或找些東西，依附或參與，然後離去。就像一棵樹在土地裡扎根，慢慢長出後，上頭也會再長東西。」他笑了笑，「我覺得這就是創造。」

我想到他在《玄奘》裡畫的那棵黝黑大樹。想到他曾展示另一幅樹的概念圖，他的父母是樹根，他的作品是枝葉。而現在，他把自己的作品變成根，變成樹，歡迎其他攀附、取用、甚至繁衍再生。

我問他這是不是一種觀念的進化？「不如說是延續。」他要我別忘記土壤裡頭滋養他作為一棵樹木的其他存在。他說的不只是父母，也包含仍棲住在海山礦坑的大榕樹裡，那些死去的勞動的人們。

在我們昂然挺立、生生不息的現代文明地底深處，他們還在那裡。

後來——這後來，我非常遲鈍地有了「細思極恐」的網民感。說極恐也不太對。至少不是恐怖的心情。而是對於宇宙如何在時間中緩慢把渺小的我編織進一幅更大的景中，終於有了後見之明，因此微微感到惶恐。那織針恐怕也還在我看不見的地方綿密穿梭折返。

在和高俊宏一道前往三峽山區尋找忠魂碑後，相隔三年，我在全然未想起這段過往的情況下搬到了三峽。我的住處位在土城、三峽、新店交界處，一個名為橫溪的郊區。由於種種原因，搬家過程非常倉促，等有餘裕踏查鄰近區域時，我赫然發現，距我家步行約二十分鐘有一間新設置的安養中心，它的前身竟然就是高俊宏領我們探險的海山煤礦廢墟。

站在緊閉的院區外，不得其門而入的我試著張望裡頭。當時那間仍掛有礦場工作人員制服、黑板上也還留有工作筆記的房間，想來是不可能留存了。但大榕樹呢？你可還安在？你的根系是否依然牢牢抓緊地表深處，讓記憶的訊號沿著上頭的微生物或非生物繼續往外輸送，好分散記憶在原發地被永久遺忘甚至滅絕的風險？

我想像那些居住在安養中心的長者們，或有許多在地人，有很大的機率他們依然記得當年此地的災變。要是能跟他們一起在樹下回憶那些過往，並書寫下來……這想像細緻牽動著我。

如今我繼續在謀生的工作之餘，探訪並採集三峽在地的樹木故事，但比起高俊宏直接深入山區，抽絲剝繭或拉藤取蔓尋出了大豹社族人與國家政權對抗的歷史，我只在近山處悠悠盪盪，用漫遊的步調與心情，若能找到淺山生活的耆老或人家願意跟我一聊，都是賺到。其餘時刻，我更像個容易膽怯的登山者，在住處附近的山區獨自晃遊。與其說是踏查樹木生態，三峽山林無所不在的人為遺跡，讓我感到確實如高俊宏所說，也帶有某種深入土壤的能量，根系一般纏繞著如今持續生活在此地的人們，纏繞著我。

從藝術家之樹長出的植株

我這個從小在丘陵山地長大的人，多年之後終於因為樹、因為藝術、因為採訪藝術家並尾隨走進山中，而與自己理所當然的長成環境有了深刻的照面。在搬到三峽前，那趟雨中臨暗窘迫而初步體驗到山林野性的內金敏山行，也正式開啟我對登山的興趣。意識到我不可能持續停在山下寫樹，我從百岳攀登的商業團再到「戶外安全推廣協會」的登山體驗課，然後是「台灣生態登山學校」標榜生態觀察大於征服攻頂的入門登山訓練。對於從小體育項目就異常遜、成年後也不愛運動的人來說，登山猶如自搬磚頭砸腳，但我也同時愛上每次在山行中挑戰身心極限的感覺——尤其是，終能安全下山，明白自己再次自險境倖存的時刻。至於樹，儘管它們在山上到處都是，我反而經常因身陷登山的各種身體鬥爭而無暇他顧，然而，只要偶爾自喘息中抬頭四顧，說也奇怪，它們毫不介入的中性存在卻總能安慰我，甚至勸服我繼續鼓起餘勇費力行動。

後來，我曾再次跟高俊宏重返一次忠魂碑，也跟過一次新店獅頭山隘勇線的勘查行動。很遺憾，當我終於蓄積更多登山能力後，就沒能再和藝術家一同上山，觀察並參與他拉藤取蔓理出山林裡的歷史與文明爪痕……

我視自己後來的入山，為自藝術家這棵樹上的養分和介質長出的新生植株。後來我知道，某些巨大的樹木上經常會出現「樹中樹」，例如拉拉山神木群，就有幾棵可直接觀察到年輕的檜木立於大檜木離地十多公尺的粗壯枝條上。當一棵大樹上有樹（而且不只一棵），還有各種附生植物，以及彼此倚賴的昆蟲、真菌、鳥獸……這將構成一個什麼樣的生態系統呢？這個生態系統能夠奉獻什麼給外圍這個促使他們生成交織的、更大的生態體系？

至於另一個孕育、滋養我的生態系——（表演）藝術。這些年，儘管依然靠著文字工作與劇場保持一份隱約不斷的牽繫，過去曾讓我覺得猶如地心引力、不可能脫離它存在的這個藝術工作領域，卻像月球引力般不再能牢牢吸附我。是因為藝術裡不存在真正的自然嗎？然而，自然是什麼？人造與自然是兩極對立的概念嗎？諸如此類的問題經常騷擾我，我這顆不知誰創造的腦袋則在不同的時間創造出不同的答案。

這篇文章初寫成時，仍為數不多、以創作面對自然生態的藝術家們，這幾年也隨著國外藝術風潮諸如「人類世」、「生態多樣性」、「環境永續」等探討，以及疫情阻絕跨國移動後引發的登山潮、戶外活動潮，而大量增生或浮出檯面。無論當代視覺藝術或表演藝術，越來越多策展人或創作者試圖回應生態與環境議題，提出各種基於想像和跨界知識整合的藝術作品，作為某種面向當下或未來生活的解決方案。

只是，在觀賞這些以自然或生態為名的展演作品時，我經常還是困惑著：這是另一波新的流行風潮，還是當中真有可能存在某種基進的藝術思考，足以改變或顛覆這個被全球化和新自由主義席捲的藝術（和所有人類）生產之精神內核？還足以創生或倡議一種更少內外消耗而充滿破壞性的跨物種關係？

回到雲門，重看一支舞

終於要出版文稿，我把文章寄給編舞家林懷民請他閱讀。自雲門舞集藝術總監職位退休後，體能與創作力都還很旺盛的他仍屢有劇場和文字作品面世，那篇緬懷母親的〈心經：母親最後的教誨〉就收錄在散文集《激流與倒影》中。去信時，林懷民正忙於標記雲門創團五十年的經典舞作《薪傳》排練重演，而他在百忙中捎來的回信，報佳音一樣和我提起園子裡的「樹友」近況：

鎮園寶樹大茄苳依舊健朗，枝條越發伸長；我採訪時爬滿半牆的薜荔如今已佔有全部牆面；「阿勃勒（金急雨）、白茶花、梔子花、炮仗花、玉蘭（辛夷），還有紅花風鈴木、雞蛋花，近年都開得很好。柚子這兩年也結果了。今年家母的梅花與櫻花都盛放，現在枝上仍有殘花，而含笑正要大舉盛放。」（還幫我糾正了當年不識藍花楹而寫成了「蘭花楹」。）

末了提醒我，園區裡數量最多的樟樹，因為我沒寫到他們而傷心……。

老師啊，當年一時不察沒寫到他們，如今知道樟樹幾乎可在跨物種臺灣史裡自成一重要章節後，我是不敢輕易寫了……

應邀觀賞《薪傳》的彩排記者會時，我照例在演出前提早半小時，先進園子裡瞧一瞧。新栽的黃花風鈴木正當花季，丰姿妖嬈吸睛，而林懷民母親的梅樹花季剛了，枝上猶有幾朵讓我看望。含笑比我印象中多了許多。菩提、欒樹和藍花楹的落葉已竟，有些蕭條。大茄苳一如林懷民所說，依然長勢極好，我忍不住和他為疫情後的久別重逢低頭致意。齊柏林贈的桂花含香，只是一旁的大樹書房，不敵疫間經濟重創，已在二〇二〇春天停止營業。

這天，《薪傳》演完後，雲門劇場並沒有揭幕露出大窗大綠。舞臺停在一片喜洋洋的大紅意象中，人們歡天喜地歌舞喧騰，斗大的「風調雨順、國泰民安」撲天蓋地而下，隨香煙裊裊一起兜頭兜臉罩住場內所有人。在這巨大的祝賀氛圍中，我感覺到編舞家的憂心。傳說當年《薪傳》首演日，恰恰撞上中華民國與美國斷交的日子。而這天，世界局勢越來越詭譎的時刻，我國總統正過境美國、出訪中美洲各邦交國。

綿密穿梭著，在我看不見的身後。無論作為一個人或擬想自己是一棵樹，我都無法預測宇宙如何將渺小的我織進一幅更大的全景中。舞臺上的古早先民們一樣看不見那雙編織的手，但仍強悍地、沒有回頭路地把自己的生與死跟這塊土地織在一起。死亡與新生是彼此交錯的陰陽針，而一棵樹能告訴我們最多的也正是：萬物以死來滋養生，自然法則於此立地成神話。

陸 相信樹的人

只要在森林裡頭夠安靜，待得夠久，你會感到有某種東西穿透你。只要安靜下來，慢慢呼吸，幾乎每個人都會有感覺。

在赤裸的山徑上，我們被要求閉上雙眼，雙手搭住前面同伴的肩，排成縱隊行進。

山徑赤裸，因為沒有人造步道。昨夜有雨，泥土潮濕，空氣也是。不再倚靠雙眼辨識的自然更加鮮猛佔據我其他知覺，濕的更濕，滑的更滑，少了悠然平穩的綠色，植物的腥烈相比動物毫不遜色，迎面撲來。

讓我靠著你睡一下

挨著另一個人類肩膀膽怯前行，他一個踉蹌，牽扯我雙臂一起失衡，直到我也同樣踩著那個不大不小的罪魁禍首——即使如此，還是不能睜開雙眼——好在我後頭夥伴覺察了顛簸的理由，從他手臂轉動的角度和力道，我感受他如何繞過地面的坑洞，接著，再把自己的身體經驗傳遞給搭在他肩上的另一雙手……

前頭的肩膀停了。我不停轉動臉孔，試圖「看」出我們置身何處。像個龐然巨物，緻密的安靜在不遠處一動不動，偶有些窸窣聲，也很快被它吸入肚腹。身前的夥伴一個接著一個被牽引，遁入那安靜中。輪到我了。不自覺皺緊眉，抬高腳，試著不衝撞、踐踏地上的草葉藤石，任另一副肩膀引我走向目標。

「到了，這是妳的樹。」肩膀的擁有者附耳輕聲告訴我，隨即嘁嘁嚓嚓踩著草而去。喔，原來你在這裡，閉著眼睛的我抬臉向樹，算是彼此打個照面。但，你究竟是誰？我像個迫切的戀人，一邊暗自發問，一邊急急伸手環抱盲目約會的對象。

首先，它很濕。不管是樹身或是附著其上的粒狀植物，飽滿的水氣讓我忍不住縮了一下身體。我的手指動物本能地撥弄那些顆粒，橢圓而鼓脹，是抱樹蕨。感應到已知事物，我的手更勇敢了，搜索範圍慢慢擴大，沿途發現粗壯的藤，蜷曲的山蘇，嬌嫩的姑婆芋——我稍一轉身，就聽見莖身被攔腰折斷的聲音。

但我仍摸不出抱的是什麼樹。它的樹皮不像樟樹或苦楝那樣深刻、充滿紋路，也不像九芎滑溜如洗，觸手可及的範圍摸不到枝和葉。很快我就決定不讓觸覺領航，因為它給我更強烈的訊息，是氣味。

什麼樹會發出燒塑膠一樣的刺鼻味？我以為鼻子因為緊張而誤會，但當我把臉輕輕貼住樹皮，那股氣息立刻引發一陣頭暈目眩。不不不，我不是怪罪你的意思。我只是很意外，為什麼你身上有人造化學味？

它當然不會回答。接下來不知過多久時間，我依規定抱樹不放，卻只感覺越來越冷，越來越濕，越來越臭。最後我默默跟樹「協議」：我們毋須愛上彼此，也不必多所交流，但請讓我靠著你睡一下，否則我很難熬過你帶來的濕冷……

有人喚醒我並牽我回到一片空地後，睜開雙眼，憑記憶的感覺我發現剛才抱的那棵樹，相較於其他人抱的樹更處偏遠，忍不住將包覆我的那股寒意和它的荒涼聯想在一起。但我始終認不出它是哪種樹，問其他人也沒答案。掃射了抱樹場內一圈，我的視線被一株樹冠高聳翠綠、氣勢強盛的樟樹吸住不放。如果能夠自己選擇抱哪棵樹，必定是它。

被媒合抱它的那人直到最後才戀戀不捨地放手。她眼眶濕潤，回來後告訴我們，一抱住那樹，也不知為什麼就淚流不止，湧起許多情緒。我發現樹前不遠的地上竟有座迷你土地公廟。想來土地公，或是蓋這間小小廟宇的人，和我英雄所見略同。

跟樹溝通？

「我聽說你們之前去抱樹，這很棒，現代人跟五感逐漸脫節，我們有多久不曾觸碰泥巴？聞聞雨後的泥土味道？或是用手去摸樹幹、樹葉？」

說話的是克萊兒．愛魯爾德（Claire Elouard），一位來自法國的植物生態學博士。這晚，她受邀到荒野保護協會演講，和「生態心」的培訓志工分享她對樹能量的觀察和實作經驗。

生態心是荒野保護協會其中一個志工組別，通過生態環保與心理衛生的概念結合，走出一條與推廣講師不同的自然經驗分享途徑。「推師」組的志工著重自然知識的累積和傳授，「生態心」則更關注人在和自然互動的經驗中產生或轉化的內在感受。

我的「抱樹」初體驗正是生態心戶外集訓的其中一項活動，在臺北萬里一處協會維護的棲地「龍貓車站」，志工藉由抱樹、赤腳爬山、撿拾落葉落果進行創作等活動親身體驗自然。或許未能理解每一樣自己碰觸、嗅聞的動植物是什麼名姓，有什麼來歷，但，透過身體的直接互動，能繞過語言與理性，一如愛魯爾德所說的，用五感重新與自然建立關係。

不過，愛魯爾德這一晚講述的主題——樹能量——要親自領略，需要的可能比五感再多一感。近年屢次受邀到香港、新加坡、臺灣舉辦樹能量工作坊的她，首先向我們解釋什麼是樹能量，以及人們為何需要認識樹能量。在工作坊中，她會引導學員對樹木的不同能量有基礎認識，也會帶學員找到能幫助他們的樹，進而與樹的能量對話、溝通，跟大自然建立更深刻的連結。

呃，跟樹溝通？我腦中不能克制地浮現「靈媒」、「怪力亂神」等字眼，嚴格來說，這是我左腦發出的訊息；同時，我那受過《魔戒》、《哈利波特》等奇幻文學薰陶的右腦，則發出響亮的歡呼，等著愛魯爾德告訴我她是如何輕揮魔杖，令樹木發出人語，或把我們說的話譯成樹語……

不過愛魯爾德有的不是魔杖，而是在學院中累積的自然生態知識，再加上比其他人敏感的知覺意識。「我十一歲就立志當生物學家。」她說，這志向在父親是地質學家、母親是植物學家，其他八個兄弟姊妹也多走上相關職業的家庭並不奇怪。儘管日後確實順利取得生物學博士和生態學位，但對靈性追尋也懷抱高度熱情的她，在陸續接觸中醫針灸、阿育吠陀等講求全人醫療的東方體系，並前往印度、馬來西亞等地進行生態研究計畫後，逐漸發現自己對能量的敏感度高於其他人，而印度哲學與信仰更貼近她想尋求的靈性之路。從此，她開始學習能量療癒法，將自己對植物知性和靈性層面的認識與經驗分享給有興趣的人，教他們跟大自然溝通。

為什麼人需要跟大自然或樹溝通？愛魯爾德說，活在現代社會，人類早就習慣和自然脫鉤，漠不相干。「我們大部分人的日常生活是這樣的：一天開始，你從有空調的房中醒來，離開有空調的家，抵達有空調的電梯，走到捷運，裡頭也有空調，進到辦公室前的電梯也有空調，最後到有空調的辦公室，下班後再次經歷相同的旅程。」儘管外頭的世界四季遞嬗，我們對氣候、氣溫的感知卻永遠停留在一個層次；我們持續跟水泥磚牆和城市噪音產生連結，卻不知道當令有什麼食物，也失去對不同環境的感覺和判別能力。

自然中並不存在衝突

這樣的脫鉤帶來兩種後果。當人類不再視自己為自然生態系統的一份子，就不會尊敬或愛護自然，面對自然被破壞也毫不在乎。「對很多人來說，大自然的意思等同於商品。」當土地、樹木、動植物可以拿來買賣，人是很難思考它們究竟有何生命意義的，而自然與人類的連結也只剩下金錢利益的兌換關係。

但這還不是最糟糕的。愛魯爾德說，一旦人和自然脫節，也很容易和自我內在與靈性脫節，「靈性和自然是密不可分的。」她提到許多信仰都存在「聖樹」的概念，自然萬物也常被視為具有靈性，而整個生態系統都是合一的，並不存在差異或相互分離，包括人類也是其中之一。「我們會因為感到差異而產生衝突，但自然中並不存在衝突，即使是食物鏈裡的掠食者和被掠食者，也都是生態中合而為一的整體。」

愛魯爾德描述的靈性，似乎就是一種當下物我合一的感受。她舉了一個例子說明脫鉤的狀態。「有次我走進一座自然公園，但當時正在為某件事情生氣，由於我太專注於內在熊熊燃燒的怒火，根本看不見身邊任何事物，更別說是和萬物連結。結果，公園裡的動物都感受到我的憤怒，牠們全都跑得遠遠的。」

「說起來，我這麼喜歡身處大自然，是因為大自然會讓我這個人最好的部分完全展露出來，也會引出我內在的平靜，為我帶來一種非常深刻的和諧感。」這種自我感覺良好聽來有幾分熟悉，我想了想，不就像戀愛一樣嗎？我們的藝術文學傳媒花去大把時間宣揚愛情的美好與不可或缺，殊不知原來接觸自然也能讓一個人感覺到自我的美好，以及在極度深刻的愛情或宗教體驗中才有的融為一體感……

為了讓我們體會與自然連結的感覺，愛魯爾德帶領大家做一個練習。在幾次平穩勻適的呼吸後，我們閉上雙眼而立，雙腳穩穩踩在地面上，想像自己腳下長出樹木一般的鬚根，隨著每次吸氣吐氣，根部深深地扎進地表，往地底深入，與土地緊密連結在一起。

「這種練習可以讓人和土地產生強烈而穩固的連結，土地的能量會貫穿我，和我成為一體，讓我穩穩扎根，成為一個能夠腳踏實地的人。」她還建議我們，練習時最好能打赤腳，找一片泥土或草地，專注於腳下的感覺，你可能會察覺地底竄上來一股流動的能量。「我覺得那能量很溫暖。」愛魯爾德說。

這種扎根練習，彷彿是人「擬樹化」了。無論想像自己是一棵樹，或是長出樹根與古老的土地能量連接，在愛魯爾德看來都是療癒的開端。「在自然中，樹是無比強大美好的生命體，不但是各式各樣的靈感來源，更是構成一個地方神聖性、和諧性的重要元素，當然也能幫助我們和內在的寧靜連結。」在她法國的家門前有一棵兩百多歲的橡樹，她經常在樹下冥想靜坐，也視它為自己的能量樹，每當工作不順遂時，就在心中默想著那棵樹的姿態，甚至請求樹木幫助她。「那對我有非常神奇的效果，能撫慰我，使我平靜，專注於當下，而且更能接受發生在我身上的事情。」

樹能給人一切能量

除了擬樹，她也分享了「對樹如對人」的經驗。一次工作坊中，她要學員自選一棵樹，就像和一個人聊天那樣在內心與樹對話。「有個女學員選了我認為那公園中最美的一棵樹，結束後，我請大家分享和樹木交流了什麼，那位女子劈頭就說：『我的樹非常醜。』接著整整五分鐘描述那棵樹如何不好，最後說：『這棵樹讓我想到我老公。』

「接下來一整週，我要大家持續每天和樹對話。第二天時，她開始提到一個樹的好處，第三天又多了一個……最後一天她說，我和我老公的關係可能會有改變……」

由於這場演講並非工作坊，愛魯爾德並未說明如何辨識樹能量，只是簡單提到每棵樹木的能量各有不同，同時，樹也跟人一樣，一旦生病，能量就會流洩。有人問，臺灣人重視風水，認為有些樹木「陰氣太重」，對人會有不好的影響。但愛魯爾德認為，陰氣重的樹未必對所有人都不好。「當有人需要陰的能量時，也許這棵樹就適合你。」她說：「當我們談樹的能量可以給人什麼療癒時，不是看樹，而是看人。樹能給人一切，問題是，人能不能接受？」

能量也絕非只有單向輸出。她曾見過一位能量療癒師把治療對象的負面能量轉移到他的療癒樹上，那棵樹非常高大強壯，但幾年後就枯死了，且帶著強烈的燒灼、消耗感。

「我聽過一位印度大師說，紐約的樹不太健康，因為紐約人腦子裡都想著負面念頭，這些念頭就成了紐約樹的負擔。」眾人聽罷大笑，我身邊一位女士反應很快地說：「那我們真要感謝臺北有大安森林公園了，不然我們死得更快！」

在演講最後，愛魯爾德感性朗誦一段頌讚與自然合一經驗的詩歌。我必須承認，詩歌雖美，她對人類必須與自然重新連結的呼籲雖懇切，但「能量」、「合一感」這些純粹感受性的經驗詞彙卻讓我的左右腦不斷打架。我如何知道自己的感受是「真實」的？如何確認我所感覺到的能量──無論來自於樹木或其他生態環境中的存有──是從對方傳送過來，而不是由我想像力旺盛的腦子自行製造？

儘管這股可能無法檢證的能量令我困惑，不過，愛魯爾德將樹能量轉換為現實力量後的行動卻非常能說服、甚至激勵我：「這些能量練習除了讓我感覺自己扎根於土地，也在在提醒我扎根是為了回到初衷，也就是承諾為世界帶來更好的環境。」她和朋友在印度成立名為「蘇布彌印度信託」（Sukh Bhumi India Trust）的非政府組織，意思是「快樂的土地」或「在這片土地上醞釀出的快樂」。由於當地一年中長達八個月是乾季，他們深入地區各部落，教導生活在貧窮線以下的居民管理水資源、進行農業耕作，並在雨季來臨時在聚落附近種樹，為整個生態圈涵養更充足的水源。

「我想重點在於，要相信『植物有能量』。」坐在象山農場的廚房裡，資深園藝治療師，也是國內重要的園藝治療推手黃盛璘一臉笑意告訴我，農場入口那棵被視為「保護樹」的樟樹，就是愛爾魯德鑑定能量後確認的。

「樟樹的能量比較剛硬，火元素比較強，又在園區入口，像爸爸一樣守護整個農場。」所謂火元素是愛爾魯德對樹能量的分法，一如中國五行的金、木、水、火、土五元素，每棵樹的元素強弱不同，辨識每棵樹偏重何種元素，能量位於何處，才能進一步應用在能量療癒。

只要進來感覺舒服，就對了

黃盛璘曾在香港上過愛魯爾德的樹能量工作坊，上完課覺得頗有收穫，後來邀請她來臺舉辦工作坊。但她也坦承：「我不會在需要認證的園藝治療推這個，怕被認為怪力亂神。」「我想（過程中）沒感受的人會多於有感受的人，但這不奇怪，因為現代人很多感受都被封閉了。」

曾經，黃盛璘自己就是對「能量」無法感受的人，也曾因為「沒感覺」而去請益他人，得到的答案是：「你可以選擇相信。」「相信有那個能量，只是你沒感覺到，而且，你沒有感覺，不代表植物沒有。」

這個答案聽來有幾分「子非魚，安知魚之樂」的意味，不過，我暫時放下信不信、有沒有的懸念，此刻我更好奇的，是樹（不管有沒有能量）在園藝治療的領域扮演的角色。

樹是比較難應用的元素，如果是室內或短期的療程，黃盛璘說，既然不可能把整棵樹帶進室內，一般十二堂課的療程也很難觀察樹木的生長變化，這也是她後來選擇以象山農場這樣的戶外空間為基地的原因。「所有的花草樹木植物都具備，才會形成多元的治療場所。」

儘管目前接受園藝治療培訓，試圖取得相關證照的人越來越多，園藝治療對大眾來說仍是個神祕領域。簡單地說，園藝治療是以植物和園藝活動作為對人治療或復健的媒介，這類「綠色照護」近年來逐漸進入醫療體系，成為各種身心疾病的輔助治療方式。黃盛璘二〇〇四年在美國取得園藝治療師認證後回臺灣，卻發現園藝治療在臺灣仍無人知曉，更別說實踐。六十歲的她從此開始「拓荒」，除了提供身心障礙者、學習障礙青少年、精神疾病患者、失智老人和臨終病患等族群療程，也成立「臺灣園藝輔助治療協會」，是國內少數的園藝治療師培訓機構。

「園藝輔助治療之所以出現，就是希望借助自然的療癒力量，畢竟有些時候光是人治療人，效果有限，但把人丟到自然裡，透過我們的引導跟植物互動，慢慢五感開了，有所感受，自然療癒的力量就會進來。」黃盛璘哈哈一笑，「滿神奇的，很難說明療癒怎麼發生，簡單說，只要他進來感覺舒服，那就對了。」

哪些植物適合擔當治療的重責大任？黃盛璘說，由於象山農場接待的多半是身心有狀況的族群，要讓他們在短時間內體驗到與植物互動的各種感受，首先必須是生命力強、栽種容易的植物，「要好種，好照顧，還要能讓人看到它整個成長過程，如果連續幾個禮拜都看不出變化，照料的人就沒興趣了。」

雖說園藝治療著眼於植物，但要有蓬勃生長的植物，陽光、空氣、水，缺一不可。「植物代表的是整個大自然」，黃盛璘強調，在療程中，他們會注意風、火、水、土等元素是否齊備。「尤其是土壤，土是穩定心靈非常重要的元素。已有許多科學家發現，健康的土壤裡存在會讓人容易感覺愉快的菌種，多接觸土對人是有益的。」

雖然無法移進室內，也很難在短期內察覺明顯變化，在象山農場中，樹木卻是不可或缺的要角。黃盛璘屈指數算農場裡的樹種：桃、李、梅、檸檬、香蕉、蓮霧、樹葡萄、紅棗、佛手柑、水杉、樟樹、青剛櫟……大部分都是會結果的樹。

「這裡以種植果樹為主，我們用水果，也就是味覺和視覺來製造人和樹的連結。」她笑說，吃是我們最容易和植物建立關係的方式。確實，人類最早獲取食物的方式，不是農耕也不是游牧，而是採集自然中的菓果。藉由進食，植物的生命轉化為我們的生命。或許，這種能量轉換正是人之所以能從植物或自然感受療癒的能量本質——它們的存在，能讓我們活下去。

除了吃和看，也別忘了，象山農場可是有「保護樹」的。只要農場舉辦活動，黃盛璘都會邀請參與者抱一抱這棵位在入口的大樟樹，告訴大樹：「我來了，請保護我。」「就當成一個儀式，我相信只要大家進來時跟它打招呼，那天活動就會很順利。」

放下爭議和語言，抱一棵樹

不光是樟樹，坐落在一片起伏坡地的象山農場，邊坡種植的果樹和原生樹包圍著中央的香草和葉菜，也宛如一群安靜的守護者。在園藝治療工作之外，樹也在黃盛璘的生活扮演守護的角色。

童年就喜歡植物多過動物的她，原本對樹木沒有太大的關注，直到大學時參加登山社，攀爬臺灣大小山岳，深山裡的樹總帶給她被保護的安全感。後來，無論去到哪個國家，她都會安排登山行程，在美國加州學園藝治療那年，她走遍住處附近的登山步道，連當地朋友都驚奇：妳走過的步道比我們還多！

這些國外爬山的經驗，也讓黃盛璘發現，原來不是每個國家的山林都像臺灣一樣，充滿青翠多層次的綠。「像富士山就有很多碎石坡，植物長不太起來；舊金山的山夏天時也是枯黃的，我才知道臺灣山林的綠意很珍貴。」

除了走到哪，爬到哪，黃盛璘也會在每個駐留、生活過的地方選一棵樹，作為自己的守護樹。「我在好幾個地方遇到的樹都是樟樹。」她笑著說，除了視它們為不同地點的守護者，有時她會在內心連結這些樹，建立屬於自己的樹群，「要它們彼此認識一下。」

「並不是感知到什麼特別經驗，而是把樹當成朋友，心情難過、想傾訴但不想跟人說時，就跟樹講。」黃盛璘沉吟一會，告訴我她是怎麼開始相信人可以跟自然對話的——比她接觸愛魯爾德的樹能量工作更早。

「我學過薩滿。薩滿有一些方式，可以讓我們跟大自然，特別是石頭和樹對話。」我暗自吃驚，問她和誰、在哪學薩滿，黃盛璘告訴我的答案如我所料。但，為什麼是薩滿？

「我需要充電的方法。開始做園藝治療後，就覺得提供療程之外，自己也常常需要能量，而且我想要的是大自然的能量。我找了一些身心靈、靈修的方法，發現薩滿就是使用自然元素，教我們如何用自然中的能量保護自己。」不過，一如前面所說，黃盛璘起初為自己「沒感覺」非常苦惱，而那個告訴她「相信」的人，正是她的薩滿老師。

「但這只是我個人的經驗。對我來說，這是運用大自然的力量，我的學習在於如何讓這股力量通過我傳導給別人。我不會強調能量，但會在工作中使用，例如要求大家進農場時抱樹。」確實，當信與不信仍截然分明地切開我們對植物是否有主體意識的認知時，與其花時間遊說不信的人相信，或是質疑相信的人有何憑據，不如放下爭議和語言，走近一棵樹，親手抱住它，感受一下樹的紋路和枝葉在你身體上製造了什麼，喚醒了什麼，或者壓迫著什麼……

當黃盛璘提到「薩滿」二字和她的師承時，我猜我心中的驚訝之感，或許是許多現代人遭遇類似情境的典型反應：這是偶然與巧合，或真是一個「訊息」（sign）？

無論是哪一種，它們都指向我早就決定了的下一個探訪對象。多年前，我在網路上讀到一篇荒野保護協會榮譽理事長李偉文寫的〈是牙醫？是巫師？〉，記述一位他在荒野結識、同為牙醫的朋友李育青。在文章中，他形容李育青是個比他還不務正業的牙醫師，行遍各地且涉獵廣泛，接受西方醫學系統訓練，但也嫻熟於花精、彩光針灸、靈氣等另類療法。他還曾遠赴南美安地斯山脈學習印加能量療法，也就是薩滿的技巧。

但真正攫住我的，是李偉文寫道，李育青是位「抱樹專家」，而且他還能看見、聽見樹靈，是個能夠和樹溝通的人。

樹像人，只是它們不動

和李育青相約訪談那天是總統大選日，我們約在車站大廳裡一間人來人往的咖啡店，因為專程回臺北投票的他稍晚就得趕回長期定居的臺東。我原本有些擔心，在這麼一個人聲鼎沸的所在問李育青樹都和他說些什麼，四周恐怕過於喧囂，但當一身黑衣的李育青在我面前坐下，順著我的提問從最早對樹的回憶一路談到在登山和薩滿經驗中所接收、解讀的樹木訊息，那段時間我們彷如置身在深山密林中，李育青的聲音細微，清晰，穩定。

「樹長得很像人，只是它們不動。」他說，特別是在深山裡，相較於其他物種族群，同樣「頂天立地」，樹冠如頭顱，枝條如手臂，看不見的根系如下肢，這相仿的型態的確是人類最容易投射、認同的植物界存在。或許因此，李育青總覺特別貼近樹，置身於深山的巨大群樹間，也讓他有股自在的安全感。

很多人爬山不喜歡待在森林裡，覺得陰暗、潮濕、悶，但我覺得很安全，好像被保護著，好像它會告訴你很多事情。尤其是晚上，在森林裡一個人晃來晃去，其他人都覺得我這樣很危險，但我就是喜歡那安靜。臺灣中海拔的森林經常起霧，在霧裡樹更栩栩如生，而且它們就用霧來碰觸你……

這段描述很魔幻，但也和一般人的山林印象極為不同。透過傳媒或影視節目，我們每每被植入的都是「山很危險」，爬山是冒險行動，一旦發生山難，更造成救援與社會成本的浪費。不只如此，媒體也樂於不斷傳播高山怪談，久而久之，在一般大眾眼中，臺灣國土高達三分之二的山林，是一大片充斥「魔神仔」和死亡陷阱的禁入地帶。

我也是深受這類說法影響的初學爬山者。因此，聽到李育青口中「夜晚比白天更迷人」的山林，忍不住問他，山中的黑夜到底是什麼模樣？

「很安靜。大部分的動物都在睡覺，但植物卻很活潑，甚至會聽到一種細細碎碎的聲音，像是有什麼在動。後來發現，那是樹在呼吸——樹裡面有水在流動，很細微，但可以察覺。」他說，也因此在山中過夜時，他喜歡睡在樹旁。「通常會作一些很特別的夢。」

只要心裡安靜

李醫師，我說，你的描述和我們平常聽到的讓人恐懼的山林很不一樣吶！

「在我的經驗裡，山裡面是有對人不友善的存在。」他形容，就像人類群居的都市裡也有來自不同族群、來歷，甚至不同物種的存在，山裡有樹，有石頭，有水流，各種動植物，在長久的共生中，它們自有生命節奏和生活步調。對它們來說，人類是會帶來破壞性的族群，有些族群對人類抱持中性態度，甚至不友善也是自然的，「就會產生我們一般說的『魔神仔』。」

不過李育青口中的魔神仔，不是詭異老人也不是紅衣小女孩，反而讓我想起小說《哈利波特》中的「意若思鏡」。意若思鏡映射的是人內心的欲望，「魔神仔」則集中火力於你的莫名恐懼和夢魘。「它會把你最害怕的活生生呈現在你面前，但是，」李育青微笑道：「如果你沒有恐懼，那麼即使在山中碰到奇特的事情，也只會覺得有趣。」

我很好奇，對這些一般人眼中不尋常的事物和存在，李育青不僅有所感應，還能淡然處之，是不是因為他是一位（有特殊能力的）薩滿？

李育青認為，與其說需要天賦，「只要心裡安靜，自然能感覺到。」無論過去在荒野保護協會帶學員登山，或是帶薩滿學生進入原始林，大部分參與者都會有非常鮮明的經驗，甚至親眼看到奇特的現象在眼前發生。

「樹很安靜，只是步調比我們慢。」他說：「想想樹的壽命可以從千年起跳，人類了不起是百年，它的十分之一，也就是說，我們人花一秒鐘做到的事情，它可能花十秒。樹的感覺是很細緻、久遠的，如果你的步調太快，會碰觸不到那細緻。

「但是，只要在森林裡頭夠安靜，待得夠久，你會感到有某種東西穿透你。只要安靜下來，慢慢呼吸，幾乎每個人都會有感覺。一開始難免會想東想西，但真正安靜了就能感覺到，好像也不需要什麼學習。」

「有人會認為這是很神奇的，但我覺得只要你把步調放得跟它一樣慢，就能夠體驗。」李育青淡淡說道。或許，所謂的超自然經驗，在大自然中其實是再自然不過的現象，而「人的感覺其實都滿靈敏的，只是在都市生活漸漸變淡變薄弱。」

雖然感受人人可得，而且各有不同，但我還是很想知道，除了感受之外，李育青到底曾從樹木身上獲取哪些訊息？

「樹木跟人一樣，無時無刻都跟周遭環境發生互動，只是它們的質地很細膩，又固定在同一處不能移動，所以會把環境的記憶寫在細胞裡，包括人跟它的互動。」他說，早在樹還是一顆種子之際，「就會把它經歷的所有事情，生命、死亡、環境更迭……都寫進種子中，當種子孵化，所有訊息就會釋放出來。」

這個說法和科學家以碳十四檢測樹輪中的放射性元素等方式，推測樹木所經歷的時代、環境、氣候變遷……聽來有幾分相仿，差別在於，李育青收到的訊息來自於活樹，而科學家的相關研究卻多從已經死亡的樹上取得，即使對活樹進行探測，也不免造成樹木受傷。

但，李育青接著談到的經驗，就超出科學對樹木所能記錄時間的認知了。回想自己接收的樹能量和訊息中，最具衝擊性的經驗，是他在一九九八年去英國舒馬克學院（Schumacher College）學習深層生態學（Deep Ecology）時遇見的一棵紅豆杉。

「那棵樹在英國是數一數二的老樹，樹旁有古老的墳墓，死者是西元九百年左右死亡的那種老墳。」李育青說，或許是紅豆杉扎根很深，成為過往死者和生者之間的橋樑，在那棵樹身上，他「第一次經驗到來自古遠之前的死者傳遞的訊息」，而且是「預示未來的訊息」。

在那之前，李育青已有接受樹木訊息的經驗，通常訊息是間接的，「可是那次是直接寫進腦海的圖像，而且非常清楚。」他說，他看見的是家鄉的影像。李育青是南投埔里人，他所看到的內容讓他充滿焦慮，但當時他還不明白自己看見的事物，直到隔年九二一大地震發生，他才恍然大悟。

「那也是我第一次意識到時間是這麼一回事。」一千多年前的死者傳遞的是未來的訊息，而且地域不受東西方限制。「我原本認為時間只存在於人的意識之中，是概念性的，但這次經驗非常shock，也讓我發現，在死者的世界，時間是沒有疆界的。」

我和李育青說起在龍貓車站抱樹的經驗和感受。我很困惑除了濕冷之外，樹木緊閉而不對我敞開的感覺，到底是我因為濕冷而延伸想像出來的樹木反應，還是樹木真的對我有所表達？當我們訓練或重拾感官和植物交流的能力，該如何區分：什麼狀態是我們旺盛的想像力創造了樹木的反應，什麼時候是植物真切傳遞給我們訊息？

「妳就這樣想：如果樹是活生生的人，當他在路上遇到不認識的人忽然抱住他，他會怎麼樣？」

被細緻的碰觸喚醒

抱樹多年，他慢慢拿捏出一套方法和接近樹木的方式。「樹其實有個明顯的界線，大概就是樹冠覆蓋的範圍。所以，你可以先在樹冠範圍外選一個適合的地方，當你慢慢接近樹，感覺是好的，就可以繼續進入樹冠的覆蓋範圍內，也就是進入它家門的意思。試著在裡頭活動，讓樹慢慢熟悉你。

「有時候，你會覺得進入那裡面後，有種平穩的感受，那就是樹在碰觸你，跟你互動。因為它的碰觸很細緻，所以慢慢地，你某些很細緻的感觸會被帶出來，人會比較沉靜，你會開始覺得舒服，甚至想在裡面睡覺。如果沒有被樹碰觸、接納的感受，你就保持距離去跟它連結。」他強調，無論是哪一種距離，一旦跟樹有所連結，「那個感受會非常踏實。」

「在某些情況下，樹會傳遞訊息給你，但那不一定是關於它自己的，可能只是跟你傳遞它所在的那片土地的感受，它記錄下來的東西。能傳遞個體感受或訊息的樹木，通常至少要活一百年以上，才會有獨立的意識。一般來說，城市裡人工栽種的樹都很年輕，所以它們擁有的是一種集體意識。

「所以，原始林會帶來很直接的感覺，和樹齡有關，也是氛圍使然。但平常我們畢竟沒辦法常常進入原始林，可以就近到城市公園，臺北有些公園的樹木也很老，比如二二八公園就有很多老樹、大樹。只要在適當引導下，經常接近樹，常做練習，你的感覺很容易被喚醒，也會很明確，練久了，即使是家裡種的盆栽，你也能接收、感受。」

至於如何在過程中分辨：到底是人的腦袋想出來的感覺，還是植物傳遞的訊息？李育青給的答案是：回到人類最本能的動作——但是，即使本能動作，也是一門需要練習的功夫。

「我們通常會從呼吸開始。就像前面說的，樹比人的步調慢，所以先把呼吸變慢。練習緩慢地、有韻律地呼吸，感知能力就會變得比較細緻。這時再去感知樹木，很自然地，我們過於活潑的想像力就會變得比較明確。初期你可能還是會用到想像力，但比較不會是天馬行空的，而是更直接、更相關的想像。在這之中，你也可能會有五感的反應，也會出現夢境，就像去一個地方旅行……」

回到原初與完整

其實，就算你無意接收、解讀來自樹木的訊息，這些方式未嘗不是建立你和身邊自然環境關連的開始。遠古時代的人們廣泛以樹靈為信仰，即使是脫離泛靈論的宗教體系，也各有其「生命樹」、「宇宙樹」神話。相信樹的古人們，也不因物種的界線放棄他們與動植物之間的情感連結，甚至容得下人與樹的跨物種愛情發生，直到科學開啟工業與資本的時代，那道緊密串接我們與自然的、情感和想像的繩結終於斷開。和自然失聯並非人類史上的常態，既然從前人們和樹木保有綿長情誼，我們何不試著也去結識一棵樹朋友，像跟人往來那樣與它互動，建立情感？

「現在的生活容易讓人把自己當局外人。」李育青說，當我們太過熟悉一種全然可被控制的、方形盒子裡的生活，很容易跟內在自我斷裂。

「薩滿的世界觀，是所有事物都是一體的，萬物在你之中，也在你之外，大自星球，小至細胞，都有一套共同法則。古人透過這法則學習跟外在環境相處，現代人卻認為自己可以獨立於這個法則之外，建立一個生活的地方，但刻意把自己從這個整體裡切割出來，反而製造出混亂的狀態，而這些混亂也被寫進人的細胞裡，造成許多問題和疾病。」

現代人千奇百怪的疾病，正是習醫的他踏上薩滿之路的原因之一。置身於醫療體系中，李育青對病人即使來醫院治療康復，回到原本生活的環境中卻還是會生病，不免感到挫折。直到他發現，這種情緒不平穩、身體不健康的循環，跟環境無法滋養人有很大關係。

自然是最原始、也最有生命力的滋養環境。特別對背負多重社會角色、被貼上眾多標籤的現代人來說，在自然中，沒有批判，也毋須證明自己有用。就算自然會颳風下雨、不體貼待你，那樣的感覺卻是真實無偽的。「你會回到一種原初、完整的經驗中，那種情感經驗是自然界才能給予我們。如果一個人沒在童年時得到這樣的經驗，成年後容易走向壓縮的、被制約的、扭曲失能的情感狀態。」

在人類的生活、文明發展還與自然密切結合的時期，薩滿是人與自然之間的重要橋樑，是醫師、治療師、祭司、藝術家、表演者，更是說故事的人。那些故事來自星空低語，樹葉吟唱，石頭靜默嗡鳴，群獸奔走呼響。聽見的人把訊息帶回族群中，在萬物守護包圍下複述它們，直到人們藉聆聽確實把故事吸收到身心裡，再共振出與天地一致的呼息和行動。唯有如此，就算黑暗總在光明之後交替而來，人們也總能感覺自己一命相懸於更大的生命中，即使遍處暗不可見，那巨大的存在也和你一起吸，吐，吸，吐……把一切都納入，把萬物和我吐出……直到我明白，沒有什麼曾和我真正分開……

「現在大家都不說故事了。點個燭光，放幾顆種子石頭，在那樣的氛圍中，說你生命中關於樹的故事。不管再怎麼微小，故事會集合起來，變成大家的故事。」透過李育青的視角，這片我們共同生活的土地充滿故事，森林大，樹種多，老樹也多，如果願意傾聽，「我們會經驗到遠超過我們想像的，比歷史記載還要豐富的，這片土地的過往和生命。」

滿月的夜裡，我在大安森林公園散步，一邊漫不經心地搜索著有沒有哪棵樹看起來願意被我盈懷一抱。我盤算著，最好是一棵別太起眼，但要漂亮的樹，如此一來我抱得開心，也不必擔心自己被路人當成奇怪的瘋子……

但當你撞見那棵樹時，就像跌入愛情一樣，你是不可能有任何預期的。我原希望是棵低調的樹，然而，她卻在一條滿是路燈的步道旁，不時有路人三兩經過，毫不寂寞。儘管如此，我無法抗拒她的召喚——她細細碎碎的葉片如羽毛，在微亮的夜空中，像在眨動無數眼睛，或是無數小小手臂手指，在半空呢喃比畫手語。

我走到樹下，指示牌上寫著，她是鳳凰木。還不到夏天，沒有嬌豔的紅花供我辨識，我這才知道原來不開花的鳳凰木已經夠美。我站在樹下，如李育青所說，低頭靜靜等待她的回應。一個不留神，我已經伸手環抱她，同時把身體緊緊和她靠在一起。還來不及分析剛才的不留神是怎麼發生的，更失控的事發生了。我的眼淚自顧自流了出來，沿著臉頰流到脖子，最後滲進樹幹裡。

從提問者到見證者

後來，我也成為一個喜歡在山中過夜、最好能在樹下覓得睡處的人了。

不只如此。回顧有樹的起始至今，每一位受訪人、每一場談話、每一個參與的現場，都以可見或不可見的形式重新塑造了我的生活和思考。

和過去任職媒體的採訪工作不同，我不只是以提問和書寫保持距離的旁觀者，更像是見證者，循著受訪者提供的線索引路，用親身經驗印證他們的話語、同時對我最初的提問考掘深究。能任性實踐這個更接近我理想的採寫工作型態，是對過往職涯的療癒，也更符合切身精神所需。

於是，在訪談結束後的這些年，我陸續參與幾次在象山農場舉辦的自然體驗工作坊和講座，與來自奇美部落的族人學習如何取出蓪草芯製成生活用品等植物生活智慧；或是聆聽遠在撒哈拉沙漠生活的人類學家蔡適任，分享她在當地推動生態旅遊或文化導覽的經驗。也曾上過有「小黃老師」之稱的黃盛瑩的園療工作坊，以及她的女兒、也是黃盛璘的外甥女劉雨青的一系列

「讓植物來照顧我們」課程。

經歷這些園療相關課程後，我雖然得到了「比起療癒別人、我更想療癒自己」的結論，因而未選擇投身園藝治療師的培訓課程，但由「大黃老師」黃盛璘領軍的一門三女傑，藉教學展現在我面前的「當代人也能和植物親密生活、彼此照顧」，卻成為一種模範。那看似唾手可得的應用巧藝，是從土地、種植、取用等大量體驗和嘗試中累積而來。我但願自己的生活能以那為目標，一步步邁進。

至於薩滿，更成了延續至今的靈魂滋養和日常練習。憑著一股強大的好奇，那年我在採訪完李育青後，報名一堂由他授課的薩滿工作坊。我太想釐清某些極度沉浸於心靈內部而浮現的知覺或畫面，到底是「真」還是「假」——想像，到底是驅使我們走向迷妄，還是接通某種深邃巨大存有的途徑？

之後，我又報名了第二次、第三次、第四次……我喜歡薩滿寓靈性於日常生活的態度，以及可將各種居家用品信手取用為儀式「法器」的風格——

不只是一顆石頭、一枚雞蛋、一碗粗鹽、一瓶啤酒，日光、空氣、流水和餤火，一樣具有灌注與復甦活力的靈性能量。要好好活在每一日每一時每一刻，人類需要的其實和植物相差不了多少。

這些園療和薩滿的參與學習，都未直接涉及我和樹的關係。然而當我真正走進山林，原本各自片段零碎的觀點和實踐便忽然融入山林，又重新浮現如樹冠相連的新葉，彼此組構成一幅互補、均衡、完整的景致。

山的接納，樹的祝福

荒野保護協會的生態心志工培訓幾年後，在「台灣生態登山學校」開辦的「南湖登山小學」系列課程中，我再度和幾位生態心的成員聚首。她們都是喜好自然的女性，也跟我一樣嚮往真正走進山林，卻是不折不扣的登山菜鳥，於是選擇報名南湖登山小學。我們都被南湖小學不講求效率攻頂、征服山頭，而是注重攀爬過程中與自然生態的各種相遇給說服。

帶著黃盛璘與樹交朋友、李育青開放心靈接收樹木訊息的態度，我開始跟著南湖小學的同學完成一趟趟山行，在不同的山徑上結交新朋友，或在靜默中感受自群樹源源不絕捎來的能量滋養——

每次入山跟下山，南湖的登山夥伴們都會圍成圓圈、靜立默禱，有時也會仿效原住民以酒水敬點天地，祈求山中有靈萬物接納我們的行旅。以我自己來說，我會在登山口找一棵樹，向她說明我們的行程，請她和山中萬靈一起庇佑我們；若我們做了什麼不合宜的事情，也請不吝發出警戒示意，好讓我們知道別冒犯甚至遇險。

在七一〇林道前往南湖大山的六．七公里營地有棵二葉松朋友，不只借我倚靠午睡了一場，還提供初醒昏昧的我一些樹幹泌出的松脂，有如現成精油般大為提振我的精神。

志佳陽大山三．一公里的營地上，那片充分庇護登山客的柳杉林，在我因腳傷痛苦倒臥在地上歇息時，以一種看似尋常的伸展姿態安慰著我，雖然說不出他們慰問的話語具體是什麼，但我知道隔天清晨能推著無處不疼痛的身軀舉步向前，我身後有他們默默的使力。

每一次在溪谷或營地撿拾薪柴、小心地燃起營火，這些來自松針、九芎、柳杉等倒木的餽贈，讓熊熊的火光多了神靈降臨般的祝聖光采（某些山友索性每次都稱我們虔敬升起的火為「卡西法」……）。

在山中，我向來喜歡露天紮營多於進山屋旅宿。通常好的營地除了腹地平坦，也受樹林庇護，擋風遮雨之外，我總會祈求鄰近我躺臥處的樹，賜給我一個有訊息的夢境。只是擅長記夢如我，往往醒來就了無痕跡，然而我總記得：夜裡半醒半睡之際，若有什麼奇特的視覺顯影，也一逕是平寧（偶爾瑰麗）的意象。不爬山的朋友聽到我說「比起在山下，我在山上度過的夜晚更有安全感」，多半面露懷疑。

走在山林裡，抱樹也是一件尋常事。在樹根繚繞的陡上路段，走得累了忍不住抱抱路旁樹，撐扶身體也稍作休息；但更多時候，我和山友會被一棵姿態特別優美的大樹牢牢吸住目光，身體也逕自往她走去，一番「妳怎麼這麼美～」的慨嘆後，我們終於克制不住自己，一一上前敞開胸懷，和她抱好抱滿。

我和一群每年上山圍著火光舉行共讀分享會的山友們，曾在一條柳杉林道上共同目睹一道神祕的彩虹從樹林霧氣中浮現。我們充滿敬畏，不敢大聲驚動或隱在其中的神靈——驚動她的是後來射入林間的日光。我至今記得當日與霧與虹光在我們面前相互輝映之際，我全身一陣陣寒毛直豎。那一刻，全心全意相信環繞於我們四周，有神靈、有祝福。

那一夜是滿月。暱稱彼此為「狼女」的我們，在火堆旁分享了美味的食物，借著宛如火山熔岩的餘燼中，彼此陪伴著凝視自己的幽微內在。當月亮自身後樹梢間升起，我們跳起身，發出快樂的嗥叫，敞開自己任皎亮到似有魔力的月光灑滿從靈魂到身體。

在月、火和群樹的見證下，我相信，我們個個都成為相信自己，一如相信樹的人。

後記

有樹的第N年

二〇一四年，我在S的建議下決定以樹作為寫作主題。當時離開雜誌工作的我，對此前持續七年的藝文職場生活倍感疲倦。能夠轉換截然不同的書寫題材，而且還是自然有機的生命，我感到一股新鮮的動力。

初始並無任何資源支持，我很快決定申請國藝會的創作補助。拿到補助後，一邊接案賺取收入，一邊笨拙地上路，外出找樹看樹，去圖書館借樹書研讀，報名參加各式各樣樹活動，物色「樹人」作我的採訪人選。

訪樹人，是一個討巧的選擇。我想寫樹，但我不懂樹。剛開始，我連苦楝跟樟樹都分不清，偌大的臺北城東南西北走一圈，我最會認的是有鬚根的榕樹和可以剝下無盡樹皮的白千層。此外，除了欣賞和辨識，我不知道如何跟一棵樹建立關係。我必須仰賴懂樹的人類作為我跟這個陌生物種的橋樑。幸而我知道怎麼採訪人類。

隨著結識的樹人越來越多，走在路上我叫得出名字的行道樹也開始增加。我喜歡在臉書上寫文章分享我如何一點一點累積對樹的認識和感覺。臉書就像一個不斷延伸的根系網絡，把更多和樹相關的人事物帶到我面前，也把我對樹的感知經驗擴散到我無法想像的遠方。我開始接到與樹或植物相關的寫作邀請，也有媒體委我採訪不同的樹木專家。我跟自己許了一個從未許過的願望——希望此後人生，我能一直寫樹。

這當中，我對所謂的採訪寫作也有了更貪婪的意圖，不再滿足於坐在咖啡館與受訪人短短一、兩小時交談，再用盡寫作技法生出一篇漂漂亮亮的咖啡館人物訪談。我希望盡可能參與看見樹人們的行動，最好也能身體投入其中，如此稍可碰觸他們與樹究竟如何締結切身而走心的深邃關係。但現實條件並不容許放肆不知收斂的採訪書寫計畫，我的補助終於完成結案時，有樹的一年已邁入第三年。

當時寫就的文稿因種種緣故擱置。但我的有樹人生仍繼續行進，並幸運地維持一邊寫藝文、一邊寫樹寫植物。五年後，在新經典出版社的邀請下，我再度取出這疊文稿，重讀時依然感覺到這些樹人們的言行波瀾盪漾，直抵我胸口；不知該樂觀或相反以對的，許多樹人的主張、倡議或省思質疑，至今也毫無過時的疑慮。

在有樹的第七年（精確來說已進入第八年）出第一本樹書，除了盡可能和當時受訪的樹人們聯繫、詳細說明，也將部分內容抽換改寫和新添。更動都是因為「時間」。在時間漫長遞變中，我變了，跟樹的關係也不斷在變，已過中場的餘生繼續寫樹的願望則沒變。

《相信樹的人》最終能以一本書的模樣與讀者見面，要謝謝最初支持我上路的國藝會文學創作常態補助計畫，此外，還必須感謝非常多的存在，請容我在此列名致謝。首先是書中各篇接受我拜訪或採訪的人們：蘇俊郎、翁恒斌、杜裕昌、許荏涵、巴奈（沈太木）與潘秀仔夫婦、李後璁、大王王福裕、《空氣人形》導演莊郁芳和表演者禤思敏、紹興南村的朱阿姨、阿秀嬤、田素義大哥、「紹興學程」成員余宜家、參與華光社區護樹的張小姐、農業部林業試驗所的董景生、林奐宇、廖敏君、范素瑋、徐沛馨、張名宗、李昆達、蘭嶼中學連紋乾校長、陳淑貞老師、Lavi、王瑞芳、江百琦、林懷民、郭遠仙、高俊宏、荒野保護協會「生態心」小組、克萊兒·愛魯爾德（Claire Elouard）、黃盛璘、李育青等人，以及其他曾拜訪交談而未能寫進書中的人們。

此外，我也想謝謝幾位一起踏上有樹這條路的人類朋友：提議我書寫自然的重要推手蔣慧仙；跟我一起和高俊宏到三峽山區尋訪忠魂碑的林宛縈、阮予澄；因共讀《與狼同奔的女人》而定期上山舉辦火光讀書會的「狼女」成員；邀我和新經典合作也是最暖心的啦啦隊楊若榆和陳柏昌，以及最終促成本書面世的總編葉美瑤，和超級救火大隊、不吝對我提出精準犀利修改建議的編輯梁心愉，還有協助行銷宣傳等業務的新經典同仁——你們讓我清楚認識到一本書的出現仰賴一群人的團隊合作；曾幫我試讀文稿，給我諸多寶貴意見的丁名慶、張慧慧、黃文儀、黃亭勻、陳姵穎等友人，以及幫我消解不安、讓我理解這些書寫或許有公眾意義的自然史學者蔡思薇；更要謝謝所有願意為此書掛名推薦的寫作同業和師友們。我生命中遇見樹的起點來自於鄒爸鄒媽，謝謝他們，以及妹妹兼好友的鄒家彥，你們讓我得以無虞朝有樹之路走去。

最後，我要謝謝所有因為這本書而遇見、結交的樹朋友。你們的形影明確標記於我心裡的地圖：蓮霧、龍眼、芒果、大葉楠、樟樹、臺灣油杉、檜木、構樹、櫸木、九芎、光臘樹、油桐、樟樹、芒果、樹葡萄、木瓜、芭樂、大葉榕、梅樹、朴樹、琉球暗羅、大葉山欖、蘭嶼樹杞、麵包樹、小葉桑、刺桐、相思樹、榕樹、苦楝、茄苳、羊蹄甲、板栗樹、菩提樹、鳳凰木、櫻花、藍花楹、風鈴木、紫薇、楓香、肯氏南洋杉、緬梔、臺灣欒樹、青剛櫟、扁柏、桑樹、江某、二葉松、柳杉。

印製成《相信樹的人》紙頁的樹木，雖然此刻無法得知你的身分和來處，我由衷感謝你們。

附錄
我的樹讀本

過起有樹的日子後，書架上的樹與植物讀本也不斷蔓生。以下書單是寫作本書時重要的對話夥伴。要不是它們，我斷無可能脫離「植物盲」的角色，甚至把自己投向人樹關係與植物文化的採寫工作。謝謝讓這些書現身於世界的人與非人們。

- 理查．普雷斯頓著，黃芳田譯，《爬野樹的人》，遠流，二〇〇八年。
- 三浦紫苑著，王蘊潔譯，《哪啊哪啊神去村》，新經典文化，二〇一一年。
- 翁恒斌（鴨子）著，《樹上看見的世界》，麥浩斯，二〇一八年。
- 理查．洛夫著，郝冰、王西敏譯，《失去山林的孩子：拯救「大自然缺失症」兒童》，野人文化，二〇一九年。

- 郭彥仁（郭熊）著，《走進布農的山》，大家出版，二〇二二年。
- 李根政著，《台灣山林百年記》，天下雜誌，二〇一八年。
- 董景生、黃啟瑞、張德斌著，《婆娑伊那萬：蘭嶼達悟的民族植物》，行政院農委會林務局，二〇一三年。
- 羅賓．沃爾．基默爾著，賴彥如譯，《編織聖草》，漫遊者文化，二〇二三年。
- 許書瑜著，巫伊平繪，《爺爺akay》，小島生活，二〇二三年。
- 荷普．潔倫著，駱香潔譯，《樹，記得自己的童年》，商周出版，二〇一七年。
- 黃瀚嶢著，《沒口之河》，春山出版，二〇二二年。
- 高俊宏著，《橫斷記：臺灣山林戰爭、帝國與影像》，遠足文化，二〇一七年。
- 阿貝托．維洛多著，許桂綿譯，《印加靈魂復元療法》，生命潛能，二〇〇六年。

• 黃盛璘著，《走進園藝治療的世界》，心靈工坊，二〇〇七年。
• 蘇珊．希瑪爾著，謝佩妏譯，《尋找母樹：樹聯網的祕密》，大塊文化，二〇二二年。
• 理查．梅比著，林金源譯，《植物的心機：刺激想像與形塑文明的植物史觀》，木馬文化，二〇一六年。
• 彼得．渥雷本著，鐘寶珍譯，《樹的祕密生命》，商周出版，二〇一六年。
• 麥可．麥卡錫著，彭嘉琪、林子揚譯，《漫天飛蛾如雪》，八旗文化，二〇一八年。
• 梅園猛著，徐雪蓉譯，《日本的森林哲學》，立緒文化，二〇一六年。
• 游旨价著，《通往世界的植物》，春山出版，二〇二〇年。

文學森林LF0180

相信樹的人

本書部分內容曾獲財團法人國家文化藝術基金會贊助創作

作者
鄒欣寧
曾任雜誌編輯，現為自由撰稿人。寫藝文也寫自然，嘗試融二者於一爐。曾參與的出版品有《偏偏遇見台南》、《如此台南人》、《種樹的詩人》、《咆哮誌》、《打開雲門》等。近年文章散見新活水、端傳媒、博客來OKAPI、經典雜誌、電影欣賞、澳門城與書、PAR表演藝術等線上媒體或實體刊物，同時陸續集結於個人網站「沒用的森林」（https://singinglikeforest.com/）。

封面設計　謝佳穎
版面構成　楊玉瑩
版權負責　李家騏
行銷企劃　黃蕾玲、陳彥廷
副總編輯　梁心愉
初版一刷　二〇二三年十月三十日
定價　三二〇元

ThinKingDom 新經典文化
發行人　葉美瑤
出版　新經典圖文傳播有限公司
地址　臺北市中正區重慶南路一段五七號十一樓之四
電話　02-2331-1830　傳真　02-2331-1831
讀者服務信箱　thinkingdomtw@gmail.com
FB粉絲專頁　https://www.facebook.com/thinkingdom/

總經銷　高寶書版集團
地址　臺北市內湖區洲子街八八號三樓
電話　02-2799-2788　傳真　02-2799-0909
海外總經銷　時報文化出版企業股份有限公司
地址　桃園市龜山區萬壽路二段三五一號
電話　02-2306-6842　傳真　02-2304-9301

國家圖書館出版品預行編目(CIP)資料

相信樹的人/鄒欣寧著. -- 初版. -- 臺北市：新經典圖文傳播有限公司, 2023.10
244面；14.8×21公分. -- (文學森林；LF 0180)

ISBN 978-626-7061-90-9(平裝)

863.55　　112016995